Finn Job
Damenschach

Quart*buch*

Finn Job

Damen schach

Roman

Verlag Klaus Wagenbach   Berlin

How have you made division of yourself?
William Shakespeare, Twelfth Night

1

Alles wurde schlimmer, als die Frauen keine Männer mehr sein wollten. Alles wurde schlimmer, als niemand mehr bereit war, Verantwortung zu übernehmen, da unversehens alle verantwortlich waren.

Marie-Louise schaut aus dem Fenster, auf das langsam sich erhellende Grau, auf den abgedeckten Pool und auf die Kiefern, deren jede für sich recht mickrig aussieht, die in der Summe aber fast einen Wald ergeben. Wieder hat sie nicht geschlafen. Sie dehnt ihre Schultern und überlegt, ob sie mit ihren Übungen beginnen soll, verharrt aber in ihrer unbequemen Position und starrt weiter nach draußen. Der Nebel scheint direkt aus den Kiefern zu steigen. Alles wurde schlimmer, als selbst die Männer keine Männer mehr sein wollten.

Wie ein kalter, zäher Brei steigt der Nebel empor und formiert sich mit den tiefhängenden Wolken zu einer unguten Masse, die droht, den Garten, sogar das Haus zu verschlucken. *Es kommen härtere Tage.* Seit ihrer Schulzeit hatte Marie-Louise diese Gedichte nicht mehr gelesen und heute, in dieser Nacht, war sie aufgesprungen und wie von Sinnen ihre Regale abgerannt, bis sie das zerknickte Büchlein fand. Der Nebel kommt näher, und nur noch die vordersten und mickrigsten Kiefern bäumen sich gegen ihn auf. Bald wird man nichts mehr sehen, und auch sie würde verschluckt.

Niemand will mehr ein Mann sein, niemand außer ihrer Schwester.

Marie-Louise fragt sich, warum sie Ingeborg Bachmann so lange vergessen hatte und wie das möglich gewesen war. Die ganze Nacht hat sie über ihren Gedichten gesessen, gelegen, war mit ihnen gelaufen und gegen sie, hat sie umstandslos aufgesogen wie damals, als Schülerin. Wie eine Schülerin hat sie gelesen. Barfüßig geht sie über das Parkett und fragt sich, wie sie je hatte ohne Fußbodenheizung leben können, geht nicht zurück zu ihrem Bett, geht zu ihrem Schrank und in ihn hinein. Sie macht kein Licht, denn sie weiß, wie sie aussieht, oder meint es zu wissen. Es ist schließlich nicht so, dass man mit fünfzig völlig anders aussieht als noch am Tag zuvor. Marie-Louise tastet nach einem Pullover aus Merinowolle und streift ihn über ihren schmalen, noch immer festen Körper. *Dein Blick spurt im Nebel. Sieh dich nicht um.* Kaffee, Musik, Fokus und Zerstreuung! Rameau vielleicht oder Mozart, etwas Heiteres, das ordnet. Aber zunächst Kaffee – nein, Espresso, denn Espresso ist Kaffee in Abstraktion, und Marie-Louise ist heute nach Abstraktion. Sie stellt die kleine dicke Tasse unter die Maschine, drückt auf einen Knopf, und während die schwarze Flüssigkeit zu tröpfeln beginnt, wird ihr bewusst, dass sie es ist, die ein Mann sein will, dass sie dafür ihr Geschlecht gar nicht wird wechseln müssen, da sie schließlich dieses Haus hat – dieses Haus, das Geld und die Affären mit Männern, Jungs, die halb so alt sind wie sie. Vielleicht ist Marie-Louise bereits ein Mann, sie hat die nötige Strenge gegen sich selbst. Eigentümlich beschwingt durch diesen Gedanken, führt sie den abstrakten Kaffee an ihre Lippen, trinkt selbstzufrieden einen kleinen Schluck und sucht auf ihrem Telefon nach einer diesem neuen Morgen würdigen Musik – Pachelbel, natürlich.

Sowie die ersten Töne des Cembalos erklingen, tänzelt Marie-Louise zurück zum Fenster, denn der Nebel hat seinen Schrecken verloren. Sie trinkt ihren Espresso und sieht ins nunmehr zartere Grau. Erst seitdem Thomas tot ist, fühlt sie sich hier wirklich zu Hause. Erst seitdem Thomas tot ist, ist dieses Haus ihr Haus, ihre Burg. Sie ist groß und weiß, ihre Burg, mit großen breiten Fenstern, flachen Dächern und hellen weiten Fluren, in die das Licht gedämpft von oben herabsickert. Manchmal sieht man auf dem

Weg zum Bad einen Bussard seine Runden ziehen. Thomas hat sie entworfen, ihre Burg, aber das ist nun unerheblich. *Jag die Hunde zurück. Wirf die Fische ins Meer.* Heute wird sie ihre Zwillingsschwester wiedersehen, zum ersten Mal seit Jahren wird sie sie wiedersehen. Oder vielmehr, ihren Zwillingsbruder wird sie wiedersehen – wird ihn das erste Mal sehen. Sie wird in ihr eigenes Gesicht sehen, nur dass dieses Gesicht sich dazu entschlossen hat, ein Mann zu sein. Kein Mann wie Marie-Louise es ist, sondern ein richtiger, ein leibhaftiger Mann, dem ein Bart sprießt und der als Mann angesprochen werden will. Wie wird diese Stimme klingen, die Stimme des Mannes, der ihre Schwester war und der nur wenige Minuten nach ihr, achteinhalb Minuten um genau zu sein, das Licht der Welt erblickt hat?

Es klopft an der Tür. »Madame?«

»Ich komme gleich, Ivana. Ich bin wach und brauche kein Frühstück«, hört Marie-Louise sich ungewöhnlich harsch rufen, obgleich ihre Haushälterin keine Schuld trifft. Ivana wird es nicht plötzlich einfallen, ein Mann zu sein.

Marie-Louise schlüpft in eine legere Hose, in ihre ausgetretenen Stiefel und wirft sich Thomas' alten Mantel über. Von ihrem Balkon führt eine Treppe in den Garten, in den Nebel, die es ihr ermöglicht, Ivana zu umgehen, ihren Blick, in dem Marie-Louise einen Vorwurf erahnt, den es womöglich gar nicht gibt. Der Nebel legt sich kalt auf ihr Gesicht, und nach wenigen Metern sieht sie nur noch ihre Füße, ihre dicken, ausgetretenen Stiefel und wie sie durch das feuchte Gras irren.

Es ist noch früh, doch schon kommt der erste Anruf – Mutter. Marie-Louise wartet, bis es aufhört zu klingeln, und beeilt sich sodann, ihr Telefon auszuschalten. An Geburtstagen muss man sein Telefon ausschalten. Absichtslos hat sie den schmalen Gehweg gefunden, der vom Hauptgebäude zum Poolhaus führt, die kleinen runden Platten. Marie-Louise seufzt, denn nun wäre es sinnlos, weiterzulaufen. Sie wird erwachsen sein und zurückgehen, duschen und sich angemessen kleiden.

Sie hat das Haus, ihre Burg, schon fast erreicht, als sie den Vogel sieht. Er ist schwarz und hat einen langen roten Schnabel, gebogen wie bei einer Pestmaske. Marie-Louise denkt an Venedig, an das Umherschippern zwischen dem Palazzo Gritti, der Oper und San Michele. Immer hatte Thomas im Palazzo Gritti wohnen wollen und schließlich die Toteninsel anvisiert, hatte sie scheinbar anvisieren müssen, mitunter mehrmals während eines Aufenthalts. Irgendwann war Marie-Louise nicht mehr mitgekommen, war im Hotel geblieben und hatte ihren Stendhal gelesen – war schließlich gar nicht mehr mit Thomas ausgegangen. Italien war ihr einfach zu viel, und nur durch die Augen eines Franzosen konnte sie dieses Land überhaupt ertragen. Der Vogel zuckt, scheint noch zu leben, doch ein Flügel steht von seinem Körper ab.

»Eine Alpenkrähe. Wie hast du es denn nach Österreich geschafft?«, murmelt Marie-Louise und tritt so fest nach dem Vogel, dass er aufschreit und in den Nebel fliegt. Als sie den Aufprall hört, ist er schon verschwunden. Befriedigt läuft sie weiter, schreitet vielmehr.

»Habe großes Frühstück gemacht, Frühstück für Madame. Madame muss sich stärken für großen Tag.« Ivana hat die Hände in ihre Flanken gestemmt und sieht Marie-Louise herausfordernd an. »Happy Birthday!«

Dieses *Madame* hat David ihr beigebracht, um Marie-Louise zu ärgern; sie bedankt sich widerwillig und setzt sich an die Insel ihrer schlecht gealterten dänischen Küche. Warum sieht alles, sobald es zehn Jahre alt ist, so grässlich aus? Marie-Louise wird sich eine neue Küche kaufen, gleich nächste Woche.

»Soll ich Madame dicken Mantel ausziehen? Ist zu warm für dicken Mantel.«

»Nein danke, Ivana.«

Die Haushälterin stellt ein monumentales Tablett aus englischem Silber auf die Insel. »Dachte, Madame will vielleicht in Bett frühstücken. Ist okay, wenn ich Frühstück auf Tablett lasse?«

»Ist okay. Danke, Ivana.« Marie-Louise kann sich nicht erinnern, dieses Tablett je gesehen zu haben, und englisches Silber war ihr schon immer zuwider. Auch hat sie sich noch nie für Frühstück im Bett, geschweige denn für Frühstück überhaupt interessiert. Ivana geht allmählich zu weit.

»Sie müssen Palatschinken kosten. Habe ausprobiert neues Rezept.«

Marie-Louise sucht inmitten der Beeren, Croissants und Kännchen nach den Pfannkuchen, findet diese schließlich unter einem glibberigen Berg aus Marillenmarmelade und nimmt einen Bissen. »Vielen Dank, Ivana. Sehr lecker.«

Ivana lächelt und nickt, macht jedoch keine Anstalten zu verschwinden, sondern bleibt auf der anderen Seite der Insel stehen. Wenn Madame Auer nicht bald mehr isst, wird es heute Abend wieder ein Fiasko geben. Ivana kann sich noch sehr gut an den letzten Besuch der Schwester erinnern. Sie wird nicht weichen, ehe die Herrin des Hauses, ehe Madame, wenigstens einen der Palatschinken gegessen hat. Es kostet sie schon genug Überwindung, diese Jacke zu dulden. Frau Auer wird sich erkälten, sie scheint ohnehin völlig neben der Spur; ihr mittellanges blondes Haar steht nach allen Seiten, und die dunklen Augenringe betonen ihre hohlen Wangen in ungesundem Maß. Ist das Blut an ihrem Stiefel? Ivana hat das schöne Tablett auf einem Flohmarkt gefunden und selbst bezahlt, von ihrem eigenen Geld, von dem Geld, das sie bei Frau Auer verdient. Die ganze Nacht hat Ivana sie in der Bibliothek hin und her rennen hören. Ivana liest lieber mit den Augen als mit den Füßen, doch ist Ivana nicht hier, um zu urteilen.

»Darf ich jetzt duschen gehen?«

»Madame darf alles tun, was Madame tun will.«

Marie-Louise muss lachen, muss wahrhaftig lachen und bleibt sitzen. So schlecht hat der Pfannkuchen nicht geschmeckt. Sie gießt sich ein Glas Blutorangensaft ein, ein halbes Glas.

»Hast du den selbst gepresst?«

»Nein. Schmeckt besser von Billa.«

Marie-Louise trinkt einen Schluck und mustert ihre Haushälterin, ihren grauen Rock, ihre weichen, doch niemals verwaschenen Züge, das spröde, gefärbte Haar und die Augen, Ivanas immer besonnenen Blick. Sie weiß wohl, wen sie da vor sich hat, weiß wohl, dass Ivana einzig so verstümmelt spricht, damit sie, damit Marie-Louise sich besser fühlt. Wohlan, schließlich funktioniert es oft genug.

»Ich habe eine Alpenkrähe gesehen. Und dabei dachte ich, die gäbe es nur noch in der Mongolei.«

»Alpenkrähe?« Ivana zieht zaghaft eine Augenbraue empor. »Sind Sie sicher, Madame?«

»Ziemlich sicher. Aber letztlich bist du der größere Orni.«

Jetzt ist es Ivana, die lachen muss. »Alpenkrähe es gibt nicht nur in Zentralasien. Auch in Schweiz, Irland, Marokko und Äthiopien es gibt Alpenkrähe, Madame. Auch in Spanien es gibt Alpenkrähe, in Italien und in Griechenland. In Österreich aber nicht. In Österreich es gibt nur Alpendohle.«

Ivana spricht einzig so verstümmelt, um Marie-Louise zu verhöhnen, dessen ist sie sich jetzt sicher. Wohlan, schließlich funktioniert es, Marie-Louise steht auf. Heute wird sie sich nicht weiter demütigen lassen.

»Madame, Madame! Beruhigen Sie sich.« Zumindest weiß Ivana nun, woher das Blut an Frau Auers Stiefel kommt. Sacht eilt sie um die Insel herum, hilft der Hausherrin aus der Jacke und drückt ihr auf die Schultern, drückt Marie-Louise zurück in ihren Barhocker. Alpenkrähe, Alpendohle, selbst wenn es nur eine verirrte

Taube war – was macht das schon? Ivana interessiert sich überhaupt nicht für Vögel. Ivana hat bloß kein Talent zum Vergessen. »Sie hatte einen roten Schnabel, einen langen, dünnen, roten Schnabel, gebogen wie bei einer venezianischen Pestmaske.«

»Natürlich, Madame.«

»Könnte ich noch einen Kaffee bekommen?«

»Natürlich, Madame. Wann kommt Ihre Schwester?«

»Mein Bruder kommt um 17 Uhr.«

Bruder, Schwester – was macht das schon? Ivana verschwindet hinter der Mitteninsel und hantiert an der Siebträgermaschine. Ein bisschen peinlich ist das durchaus, so eine gigantische Maschine in einem Haushalt mit nur einer Person. Die Siebträgermaschine war Frau Auers erste Anschaffung, als ihr Mann verstarb. Frau Auer hatte dann immer mehr zu kaufen begonnen und so den schönen Minimalismus ihres Gatten allmählich aufgehoben. Doch ist Ivana nicht hier, um zu urteilen. »Soll ich wieder machen Saltimbocca für Schwester?«, fragt sie. Saltimbocca ist Ivanas Leibgericht.

»Bitte nicht.«

»Hummer?«

»Meinetwegen.«

»Muss dann nochmal einkaufen allerdings.« Nun schiebt sie ihrer Madame den Kaffee entgegen, hebt erneut und bestimmter eine Braue und wartet darauf, dass Frau Auer ablehnt. Aber Frau Auer scheint sie gar nicht gehört zu haben, nicht einmal ihren Kaffee rührt sie an. »Kann sonst auch bestellen Hummer.«

»Ich mag keinen Hummer, Ivana. Das weißt du doch.«

Stimmt, das weiß Ivana.

Marie-Louise ist froh, die dicke Jacke endlich abgelegt zu haben, abgelegt bekommen zu haben. Sowie sie beginnt ihren Kaffee zu trinken, vergisst sie für einen Augenblick sogar ihren lästigen Schwesterbruder. Doch mit einem Mal schmerzt ihr Rücken und plötzlich auch ihr Kopf. Thomas war der Ansicht gewesen, unbequeme Möbel würden dem Altern vorbeugen – und tatsächlich: Er war nicht alt geworden.

»Sie haben Milchbart, Madame.«

Marie-Louise wischt sich mit dem Handrücken durch ihr Gesicht, mechanisch. »Sei so gut und bring mir ein wenig Aspirin.«

»Complex?«

»Was sonst.«

Marie-Louise weiß manchmal nicht, ob sie das saure Pulver gegen die Schmerzen nimmt oder um wach zu werden, ob sie sich die Schmerzen allmählich ausdenkt. Dr. Pichler ist der Ansicht, sie sei gesund wie eh; schon dreimal hat sie ihn in diesem Monat kommen lassen. Thomas hatte ihr seinerzeit vorgeworfen, sie würde die Ärzte zu oft konsultieren, obgleich sie sich damals nur hin und wieder hatte untersuchen lassen. Warum sie zum Arzt gehe, wenn sie doch gar keine Symptome habe, hatte er sie stets gefragt, er, der nicht einmal zum Arzt ging, wenn er Symptome hatte – er, der ständig nach San Michele fahren musste. Der Tod sei Teil des Lebens, hatte er zuweilen gesagt. Warum könne sie sich diesem Umstand nicht fügen, warum könne sie sich diesem Umstand nicht zumindest stellen? Der Tod ist dein Leben, hatte sie schließlich geantwortet.

Bei ihrem letzten gemeinsamen Besuch in der Lagune spielte man Tosca, ihre Lieblingsoper, oder, wenn Marie-Louise ehrlich ist, die einzige Oper, die sie überhaupt mag. An einem eigentümlich klaren Februarmorgen waren sie gelandet, und schon im Motoscafo begannen sie zu streiten, während der Bug das viel zu strahlend blaue Wasser durchschnitt. Am Flughafen hatten sie sich getroffen, sie war aus Wien und er aus New York angereist, doch es war ihr so vorgekommen, als hätte sie den längeren und vor allem beschwerlicheren Weg auf sich genommen, denn zumindest hätte er im Flugzeug schlafen können; in der First Class ließ es sich schließlich immer schlafen. Sie hingegen hatte einen jener Armeleuteflüge genommen, die zu völlig unzulässigen, ja im Grunde perversen Zeiten starten und in denen man ausschließlich schlecht gelaunte und etwas zu dicke Menschen antrifft, Menschen die so wirken, als hätten sie aufgrund eines Zahlendrehers im Lotto verloren, denn eigentlich wären einmal genau die Zahlen drangekommen, die sie schon seit Jahrzehnten tippten, ihre Glückszahlen, doch genau diesmal wäre ihnen ein Fehler unterlaufen, und seitdem hätten sie das Lottospiel gänzlich aufgegeben.

Für die Wahl ihres Flugs könne er nichts, hatte Thomas gesagt und sie auf die Stirn geküsst, so wie man eigentlich eine Tochter küsst. Früher hatte er dabei zumindest den Duft ihrer Haare eingesogen, selbst wenn er vorher nicht zwei Wochen auf einem anderen Kontinent verbracht hatte. *Wir hätten uns einfach später im Gritti treffen können*, hatte er gesagt, gelacht und ihr dann, nur weil er ihre Enttäuschung spürte, doch noch einen flüchtigen Kuss auf den Mund gegeben. Marie-Louise hatte nichts darauf erwidert, sich eine Strähne hinters Ohr geschoben und gelächelt, da es ihr peinlich war, dass sie, nur weil sie ihn früher sehen wollte, einen Billigflieger genommen hatte.

Im Motoscafo dann, die unangemessene Februarsonne reflektierte auf dem übertrieben blauen Wasser, erzählte sie ihm, was sie in den letzten Wochen unternommen hatte, und schmückte ihre Aktivitäten so weit aus, dass manch einer von Erfindungen sprechen würde.

Das sei ja allerhand, sagte er lächelnd, dass sie sogar wieder mit dem Französischlernen begonnen hätte. Er wünschte, er hätte mehr Zeit für Sprachen. Er wünschte, er hätte überhaupt mehr Zeit. Sein Haar begann an den Seiten zu ergrauen, aber das machte ihn nur attraktiver, zumal er noch immer schlank war und sein Seidenschal so lustig im Wind flatterte. Warum sie nicht lieber Italienisch lernen möge, hörte Marie-Louise aus dieser Bemerkung heraus: ihr alter Streit, den sie immer führten, wenn sie in Venedig waren, und den sie heute ganz sicher nicht führen wollte.

Marie-Louise schwieg also, doch sie schwieg wütend, und natürlich musste Thomas das bemerken, er bemerkte dergleichen immer, und das machte sie noch wütender. Ja, Marie-Louises Puls beschleunigte sich, ihr wurde plötzlich wärmer, und auch wenn es ihr vorkam, als schwiegen sie eine lange Zeit, erhob sie bereits nach einer Minute wieder ihre Stimme. Was er sich überhaupt erlaube, sie könne schließlich machen, was sie wolle, er sei ohnehin nie zu Hause, und deshalb könne sie ebenso gut Französisch oder, warum nicht, Suaheli lernen. Mit ihm könne sie schon auf Deutsch nicht sprechen, warum sollte es ausgerechnet auf Italienisch funktionieren. Und weil Thomas nun schwieg und an ihr vorbeisah, in die Sonne und in das groteske Wasser, wurde Marie-Louise noch wütender. Italienisch sei eine infantile Sprache für Leute, die zu dumm zum Konjugieren seien. Thomas schwieg weiterhin. *Ich hasse dieses Land mit seinem Kitsch und seinen Kirchen*, schrie sie. *Ich hasse es, dass immer alle gleich laut werden, niemand größer als eins vierzig und alles voller Müll ist.*

Thomas sah weiterhin an ihr vorbei. Er hatte auch früher oft an ihr vorbeigesehen, in vergleichbaren Situationen, doch normalerweise entfalteten ihre Wutausbrüche schließlich eine kathartische Wirkung. Normalerweise hätte er schließlich zurückgeschrien, und dann wären sie auf ihr Zimmer gegangen, um sich dort erst noch ein wenig weiter anzuschreien und sich hierauf die Kleider vom – wobei, das war schon sehr lange nicht mehr vorgekommen. Normalerweise jedoch, wenn Marie-Louise ihre Tiraden bis zu einem gewissen Grad der Absurdität steigerte, musste Thomas schmunzeln, was sie für einen kurzen Moment noch weiter in Rage brachte. Dann aber hätte er sie freundlich angesehen, hätte schließlich laut zu lachen begonnen und sie mit seinem Lachen angesteckt. Nun jedoch, Marie-Louise schrie etwas von einem Volk von Mussolinis und wartete insgeheim bereits auf das erlösende Lachen, nun flog nicht einmal der Anschein eines Schmunzelns über Thomas' Lippen.

Sie hatten bereits San Giorgio Maggiore passiert, als sie George Clooney hinter ihrem Mann auftauchen sah. An der Markusbibliothek war ein gigantisches Werbeplakat montiert, von dem herab der attraktive Schauspieler mit dem graumelierten Haar in eine gläserne Espressotasse lächelte. Und im selben Moment lächelte auch Thomas, doch diesmal steckte er Marie-Louise nicht an. Ich bin ein Klischee, schoss es ihr durch den Kopf, und sie musste an sich halten, um sich nicht in das strahlend blaue Wasser zu übergeben. Thomas schien verwirrt, weil es nun sie war, die schwieg. Auch im Hotel schwieg sie sich aus, und weil er es nicht auszuhalten schien, dass sie sich den gängigen Abläufen verweigerte, fragte er gar nicht erst, ob sie ihn bei seinem Spaziergang durch die Stadt begleiten wolle, und verließ mit einem unbeholfenen, beinahe jugendlichen Gruß ihr Zimmer. Normalerweise wäre Marie-Louise zumindest am ersten Tag mitgekommen und hätte sich doch nur geärgert, über die Touristen, aber mehr noch über die Einheimischen, die immer verbitterter wurden, je mehr sie sich dezimierten. Thomas sah sich oft Dokumentationen an, in denen die letzten Glasbläser zu Wort kommen, oder ein Gondoliere, der bereits in der neunten Generation mit seinem Ruder in den Kanälen herumstochert. Marie-Louise hatte keine Kraft mehr, so zu tun, als fände sie dergleichen wichtig, rührend oder sonst irgendetwas, nur um zwei Stunden später Thomas und schließlich sich selbst zu hassen. Marie-Louise musste ins Bett.

Als sie erwachte, dämmerte es bereits, und für einen Augenblick erschrak sie, weil sie meinte, einen schrecklichen Fehler begangen zu haben, doch dann trat sie ans Fenster, blickte über den Canal Grande auf Peggy Guggenheims kleinen Palazzo und wurde unvermittelt ruhig und überraschend klar. Und als es zaghaft an der Tür klopfte und Thomas eintrat, um sie zum Essen einzuladen, nickte sie höflich, doch ohne Reue. Er gab sich offenkundig Mühe, denn er schlug nicht wie sonst vor, eine schäbige Osteria aufzusuchen, um dort mit ihrem Erscheinen die letzten Fischer zu brüskieren, die sich um den letzten schäbigen Tisch versammelt hatten.

Nein, Thomas führte sie in ein Sternerestaurant auf der Giudecca und schob ihr zum Dessert zwei Karten für Tosca über den Tisch, woraufhin sie so laut zu lachen begann, dass die Gespräche an den Nebentischen verstummten. Thomas griff nach ihrer Hand und sagte, er könne sich durchaus noch an seine Worte erinnern. Billige Splatteroper hatte er Tosca genannt, blutrünstige Propaganda zu Napoleons Gnaden, der es an allem fehle, wofür Monteverdi einmal angetreten war, der es an allem fehle, wofür er, Thomas, die Oper liebe. Marie-Louise zog ihre Hand zurück und unterdrückte ihr Lachen so weit, dass sie wieder atmen konnte. Dann aber willigte sie ein, mit ihm ins Motoscafo zu steigen und zum Teatro La Fenice zu fahren.

Noch ehe Tosca ihren geliebten Cavaradossi betrauerte, hatte Marie-Louise beschlossen, sich scheiden zu lassen. Thomas mochte sich für einen Abend ihren Bedürfnissen fügen, das schon, doch spätestens übermorgen würde er wieder nach San Michele fahren, und es war absurd, wie lange sie diesem sentimentalen und im Grunde lächerlichen Mann hörig gewesen war. Sie wollte nicht mehr ganze Wochen allein in ihrer Villa sitzen, nur weil er in New York, Sydney oder Kuala Lumpur einen austauschbaren Glaskasten bauen ließ. Sie hatte keine Lust mehr, hierauf für ein verlängertes Wochenende in eine sterbende Stadt bestellt zu werden, um die gekränkte Ehefrau zu spielen.

Marie-Louise würde nicht zu ihrer eigenen Mutter werden. Nein, sie würde sich eine Arbeit suchen. Doch zunächst müsste sie ihren Mann loswerden.

»Ist nicht gut, ständig dieses *Complex*.« Ivana stellt das Glas mit dem Schmerzmittel auf die Insel und lässt es erst nach kurzem Zögern los. Frau Auer sieht heute wirklich schlecht aus. Eigentlich muss Frau Auer ins Bett.

»Du hast nur eine Tüte ins Wasser gegeben, oder? Ich schmecke das doch.«

Aber nun klingelt es, und Ivana bleibt die Antwort lieber schuldig; sie schiebt sich zur Tür.

Marie-Louise sieht dem grauen Rock hinterher und denkt nach. Sie hat doch gar nichts bestellt. Das tschechische Stahlrohrsofa ist schon letzte Woche angekommen und der Gobelin gestern, nein, vorgestern. Sie braucht wirklich eine neue Küche. Wahrscheinlich ist nur ein Zeuge Jehovas an der Tür oder ein Ökostromanbieter – Ivana weiß immer, wie mit solchen Leuten umzugehen ist. Gerade will sich Marie-Louise auf die Suche nach ein wenig mehr von dem sauren Pulver machen, als sie ihre Haushälterin einen verzückten Schrei ausstoßen hört.

»Herr Hofer! Ist schön, Sie zu sehen.«

Marie-Louise springt von ihrem Hocker und wird sich bewusst, dass der Weg zum Gästebad, der Weg zu ihrem Trakt – dass ausnahmslos jeder Weg durch das angrenzende Vestibül führt. Fluchtwege waren immer deine Schwäche, Thomas. Überhaupt versteht sie die Vorliebe für große Wohnräume ohne Unterteilungen nicht, hat sie nie verstanden: eine Architektenmanie ohne jeden Charme. Wer will denn in seiner Küche leben? Die Stimmen kommen schon näher, als sie sich der Terrassentür entsinnt, der Terrassentür, durch die sie doch gerade erst hereinspaziert ist. Hätte Ivana ihr mehr *Complex* gegeben, wäre sie schneller gewesen, viel schneller.

»Grüß Gott, Geburtstagskind. Nur das Beste zum Wiegenfeste! Ich hoffe, ich störe nicht. Ivana meinte, ich würde nicht stören – störe ich?« Einen großen Strauß weißer Chrysanthemen in der einen, eine Champagnerflasche in der anderen Hand, steuert David auf sie zu. »Ich dachte, ich überrasche dich zu einem kleinen Geburtstagsfrühstück. Ivana meinte, du würdest dich freuen. Sie meinte, du würdest nicht gern allein sein an deinem Geburtstag – auch, wenn du das immer behauptest.«

Ivana bemerkt wohl den strafenden Blick Marie-Louises, einen kurzen Blick nur, denn mehr wäre unhöflich gegen den Gast. Ganz klein hat sie sich gemacht hinter den riesigen Chrysanthemen, hinter dem riesigen Herrn Hofer. Eifrig läuft sie dem großen, wohlriechenden Mann hinterher.

»Mein lieber David!« Marie-Louise hat sich ebenfalls in Bewegung gesetzt, jedoch nicht in Richtung der Tür, vielmehr in Richtung des Gasts, des unverhofften Gasts. Und mit jedem Schritt, den sie sich aufeinander zu bewegen, schwindet allmählich ihr Groll. »Wie könntest du mich stören, da du doch mein neuer Ehemann bist?«, ruft sie aus und küsst ihren Freund auf die Wange.

»Dein verhinderter neuer Ehemann.«

»Es ist wirklich ein Jammer mit der Emanzipation, wo wir doch ein so hübsches Alibipaar abgegeben hätten«, sagt Marie-Louise und küsst ihn auf die andere Wange. David riecht wirklich gut, und allmählich freut sie sich, ihn zu sehen.

»Ja, es ist greislich, einfach nur greislich.«

»Ein wenig überfallen fühle ich mich allerdings«, sagt Marie-Louise und greift sich theatral in ihr wirres Haar. »Darf ich kurz duschen, mich umziehen?«

»Ausnahmsweise.« David verbeugt sich und sieht seiner Freundin hinterher, wie sie den Flur entlangläuft; sie scheint verletzlicher als sonst, weniger kontrolliert. Den Witz mit dem Ehemann ist er allmählich leid, und eigentlich weiß sie das auch. Seitdem er nicht mehr mit ihr schläft, unterstellt sie ihm fortwährend, er wäre schwul. Und er hat es mit sich machen lassen, weil er dachte, sie würde wieder damit aufhören, sie sei nur eine kurze Zeit gekränkt, man könnte die Sache schließlich und endlich vergessen. Will sie sich selbst demütigen oder ihn? »Ivana, meine Liebe«, sagt er, drückt ihr die Blumen in die Hand und legt den Champagner zu den anderen Flaschen in den Weinkühlschrank. Während die Haushälterin unterschiedliche Vasen aus unterschiedlichen Schränken zaubert und sie prüfend ins Licht hält, zündet sich David eine Zigarette an.

»Madame nicht mehr mag Rauchen im Haus«, konstatiert Ivana, allerdings bloß, um es gesagt zu haben.

»Mogst an Tschick?«

Ivana schüttelt den Kopf und stellt dem Gast einen Aschenbecher aus dickem Glas auf die Insel. Sie hasst es, wenn Herr Hofer Dialekt spricht – das weiß er doch. Herr Hofer sieht aus wie Marcello Mastroianni, zumindest für Ivana, doch selbst das erlesenste Wienerisch macht aus einem Mastroianni einen Bauerntölpel. »Sehr schön, Sie zu sehen«, sagt sie. »Ich habe große Sorgen mir gemacht.«

»Aber wir haben doch telefoniert, Ivana.« David hat sich auf einen der Hocker gesetzt und sieht dem Rauch seiner Zigarette hinterher. Immer macht Ivana sich Sorgen um ihn. »Telefoniert haben wir«, sagt er erneut. »Nimm die Art-déco-Vase, die aus Messing.«

»Madame hasst diesen Vase, ist von ihrer Mutter.«

»Eben drum, Tschopperl.«

Ivana lacht, ein wenig verächtlich, füllt das Messing mit Wasser und beeilt sich, eine große Flasche aus einem der Schränke zu holen. »Wir jetzt trinken Sliwowitz.«

Ohnehin scheint sie ständig in Bewegung. Es ist, als sei sie für das menschliche Auge zu schnell, zumindest für Davids Auge. Immer hat sie irgendetwas in der Hand, macht irgendetwas auf und zu, füllt dies auf, nimmt jenes heraus und säubert eine Oberfläche. Es sind rasante und doch beiläufige Vorgänge, Vorgänge, die umso beiläufiger vollzogen werden, je rasanter sie an David vorbeiziehen – und da steht er auch schon, der Sliwowitz. »Ich habe noch gar nichts … zu mir genommen. Bitte nur ein kleines Glas.«

Es gibt keine kleinen Gläser in Ivanas Küche.

»Prost«, sagt sie.

»Živeli!«

Sie stoßen an und werfen ihre Köpfe in ihre Nacken.

»Was wir bloß machen mit Ihnen?«

David sieht der Flasche hinterher, wie sie wieder in einem der Schränke verschwindet. »Ich hasse diese Hocker. Können wir uns nicht an den Kamin setzen oder wenigstens an den Esstisch?«

Ivana visiert den Esstisch an, denn der Kamin ist zu weit entfernt von der Insel, von ihrem Arbeitsplatz. Es gibt nichts mehr zu tun, aber man weiß ja nie. Eigentlich gibt es ohnehin viel zu wenig zu tun. Putzen darf sie schon lange nicht mehr, das macht ihre Schwägerin. Herr Hofer sieht noch trauriger aus als sonst, und eigentlich will Ivana auch gar nichts zu tun haben, gar nicht putzen – wer will schon putzen? Herr Hofer derweil beeilt sich, die Vase mit den Blumen zum Esstisch zu tragen, sie Ivana hinterherzutragen. Hat Ivana die Vase vergessen? Eigentlich hat sie doch gar kein Talent zum Vergessen.

David betrachtet Ivanas lautlos blondiertes Haar und denkt an ihre hübsche Tochter. »Du brauchst Tamara übrigens nicht ständig zu mir schicken.«

»Ständig! Schaut sie doch nur ab und zu vorbei, damit ich mir machen muss keine Sorgen.«

»Ich war während des Anschlags am anderen Ende der Stadt – am anderen Ende! Und außerdem habe ich eine gute Arbeit, jede Menge Freunde …« David denkt einen Augenblick nach. »… und ich spiele oft Klavier.«

Ivana hebt wieder eine Augenbraue.

»Sie schaut mindestens dreimal die Woche vorbei, obwohl ich sie nur einmal die Woche bezahlen kann. Ich habe dann gar keine Aufgaben für sie. Die Fenster sind so sauber, dass ich manchmal vergesse, dass ich nicht auf der Straße stehe.«

»Wohnen in Parterre tut Ihnen nicht gut, ist zu dunkel, zu traurig. Tamara sagt, dass Sie immer allein und sehen fern.«

»Ich bin abends oft erschöpft.«

»Und einsam. Würde ja selbst kommen zu Ihnen, aber Madame braucht mich.« Ivana lacht. »Und außerdem Tamara mag Sie sehr gern.«

»Ich mag Tamara auch sehr gern. Aber sie könnte meine Tochter sein, meine Enkeltochter fast – wobei, nein. Meine Enkeltochter könnte sie nicht sein. So alt bin ich nun auch wieder nicht.«

»Was?«

»Wie alt ist sie denn jetzt? Sechsundzwanzig? Siebenundzwanzig? Achtundzwanzig wird sie noch nicht sein, oder?«

»Darum es doch gar nicht geht.«

»Als Großvater wäre ich wirklich zu jung ... Worum geht es dann?«

»Darum, dass Sie brauchen Gesellschaft. Vielleicht aber Sie suchen sich besser andere Gesellschaft.«

David steckt sich eine weitere Zigarette an, während Ivana sich daran macht, ein Fenster zu öffnen und den Aschenbecher von der Kücheninsel zu holen; der graue Rock huscht wie von selbst. »Wo bleibt eigentlich Louise?«

»Madame macht sich hübsch für Schwester«, sagt Ivana und stellt den Aschenbecher auf den Tisch. Natürlich macht sich Frau Auer hübsch für Herrn Hofer, das weiß Ivana wohl. Doch was erlaubt sich Herr Hofer? Ivana will nur helfen, und er fantasiert ihrer Tochter hinterher. Er scheint völlig abwesend, raucht eine Zigarette nach der anderen, derweil sie das Frühstück neu anrichtet, mit dem Tablett zwischen Insel und Tisch herumläuft, die vielen kleinen Teller, Tassen und Schälchen, die Etageren und Schüsseln um ihn herumstellt. Es ist doch merkwürdig wie jemand, der so viel raucht, so gut riechen kann. Existiert sie überhaupt für ihn? »Sie denken, ich nicht weiß, dass Sie Madame mit Chrysanthemen provozieren«, murmelt Ivana.

»Louises Schwester kommt heute?«, fragt David plötzlich und so, als würde er aus einer Trance erwachen. Eine Viertelstunde ist vergangen, seitdem Ivana das Wort an ihn richtete, nun kann er sie nicht finden, und zu allem Überfluss hat sie den Aschenbecher wieder verräumt. »Wann kommt sie denn, die Schwester?«, fragt er in den Raum hinein.

»Mein Bruder kommt um siebzehn Uhr.« Marie-Louise steht vor ihm. Sie trägt einen karmesinroten Hosenanzug, entsprechende High Heels – sogar ihr Lippenstift ist karmesinrot; um ihre Schultern liegt ein Tuch aus schwarzem Satin.

»Du siehst aus wie der Pantalone«, konstatiert David.

»Bitte?«

»Sieht gut aus, dein Kostüm. Dein Kostüm sieht wirklich gut aus ... Ist das Prada? Der Pantalone ist –«

»Das ist Saint Laurent, aber noch von ihm selbst entworfen, natürlich. Das neue Zeug kann man schließlich nicht mehr tragen! Und ich weiß, wer der Pantalone ist.«

»Pantalone ist Figur aus Commedia dell'Arte: reicher geiler Alter, auf der Jagd nach junge Dinger – bisschen grausam, bisschen dumm. Stellt seine Fahne überall auf, wo eh egal, weil er eigentlich am Ende.« Ivana hat die Bühne betreten, den Salon zumindest. Sie ist hinter ihrer Insel hervorgekommen und trägt wieder das englische Silber in der Hand, darauf den Champagner.

Marie-Louise nimmt die Flasche vom Tablett. »Danke, Ivana.«

»Herr Hofer aussieht wie Dottore!«, ruft die Haushälterin plötzlich aus. »Schwarzer Anzug, weißer Kragen ...«

Marie-Louise lacht. »Es fehlen nur noch die roten Wangen, aber daran arbeiten wir.«

»Ich wollte eigentlich aussehen wie Lagerfeld.«

Marie-Louise entkorkt die Flasche selbst. »Und du wunderst dich, für schwul gehalten zu werden.«

»Lagerfeld?« Ivana beginnt zu kichern. »Lagerfeld auch war Dottore.«

Endlich schmunzelt auch David. »Du siehst bezaubernd, ganz bezaubernd aus, Louise«, sagt er chevaleresk. Soll er aufstehen? Er bleibt lieber sitzen.

24

»Grazie mille!« Marie-Louise hat ihr Pulver gefunden, und außerdem fühlt sie sich immer ein wenig grandios, nachdem sie sich geschminkt hat.

»Wer kommt denn nun? Deine Schwester, dein Bruder? Ich wusste gar nicht, dass du einen Bruder hast.«

Marie-Louise rückt ihren Stuhl vom Tisch ab und erzeugt dabei ein recht unangenehmes Geräusch. »Meine Schwester ist nun mein Bruder.«

David weitet seine Augen. Nie hat er ihn kennengelernt, den ominösen Zwilling. »Wann hast du ihn zuletzt gesehen?«, fragt er. »Es ist schon eine Weile her – sechs Jahre, sieben? Thomas hat noch gelebt damals.« Marie-Louise setzt sich. »Aber er war schon sehr krank«, schiebt sie hinterher und richtet ihr schwarzes Tuch.

»Was für eine Krankheit hatte Thomas?«

»Sie war nur für zwei Tage hier und es war schrecklich. Doch nun meinte sie, wir könnten wenigstens unseren Fünfzigsten gemeinsam begehen, und ich denke, die Chance sollte auch ich uns noch geben. Sie ist immerhin meine –«

»Dein Bruder.« David nimmt ihr die Flasche ab und schenkt seiner Freundin Champagner in ihr Glas. »Aber das ist doch recht ungewöhnlich, so eine Umwandlung bei einer Frau in ihrem Alter.«

»In meinem Alter.«

»Handelt es sich überhaupt um eine Transition oder zieht er sich nur Männerkleidung an?«

»Wieso ist das ungewöhnlich?«

Leicht pikiert klingt Marie-Louise, aber David verspürt keine Lust, ihr zu sagen, dass sie nicht alt sei. Immerhin ist er zehn Jahre älter als sie. »Es sind häufiger junge Frauen, Mädchen, die sich umoperieren lassen oder zumindest Pubertätsblocker nehmen«, sagt er. »Männer werden eher in fortgeschrittenem Alter zu Frauen. Oft lassen sie sich allerdings nicht umoperieren, und einige nehmen nicht einmal Hormone.«

»Die sehen aus wie Mrs. Doubtfire.« Marie-Louise lacht ein wenig zu laut über ihren eigenen Witz, doch da David und Ivana nun schweigen, gerät sie ins Stocken. »Also, ich meine ... Einige von ihnen versuchen so ins Frauengefängnis zu kommen oder bei den Olympischen Spielen zu gewinnen.«

Ivana blickt nach dem Champagner, wartet offenbar, aufgefordert zu werden, sich auch ein Glas zu nehmen.

»Und, David, was genau hast du gegen Trans, äh, -personen?«, fragt Marie-Louise schließlich.

»Nichts, gar nichts. Ich denke nur, dass es derzeit, also mittlerweile ... dass es auffällig viele gibt.«

»Zu viele.«

»Das hast nun du gesagt.« David legt seine blaue Schachtel auf den Tisch, um zu testen, ob Marie-Louise darauf reagiert, wie sie reagiert, ob sie etwas sagt. Sie sagt nichts, und David nimmt sich eine Zigarette heraus, rollt sie mit dem Zeigefinger über seinen Daumen.

Ivana derweil nimmt sich einfach selbst ein Glas. »In Schweden Gesundheitsbehörde hat veröffentlicht Bericht, dass Transgender-Diagnosen von dreizehn- bis siebzehnjährigen Mädchen in letzten zehn Jahren haben um eintausendfünfhundert Prozent zugenommen.«

»Hast du nichts zu tun, Ivana?«

Die Zofe stellt das Glas zurück und verschwindet hinter ihrer Insel. Es ist lange her, dass sie Madame so mit sich hat reden hören. Gut, dann trinkt sie Sliwowitz, der schmeckt ohnehin besser.

»Was denkst du, David? Warum wollen all diese Mädchen plötzlich Jungen werden? War das früher nicht einmal andersherum?« Marie-Louise mustert ihren Gast. Sein schlohweißes Haar steht in eigentümlichem Kontrast zu seiner makellosen Haut und macht ihn nur jünger. Es ist doch merkwürdig, denkt Marie-Louise, wie jemand, der so viel raucht, so gute, so junge Haut haben kann.

»Ich meine, mich erinnern zu können«, fährt sie fort, »dass in den Achtzigern Jungen eher zu Mädchen werden wollten.«

»Hättest du Ivana nicht verscheucht, hielte sie bestimmt eine passende Statistik für uns bereit.«

Marie-Louise atmet langsam ein und langsam wieder aus, hörbar. »Rauch ruhig, David. Ich ertrage dieses nervöse Gefummel nicht mehr.« Und dann weiter, etwas zu laut, in Richtung der Küche: »Gib dem Mann einen Aschenbecher!«

Ivana lässt sich Zeit, träger als sonst gleitet sie, und als sie den Tisch erreicht hat, knallt sie das dicke Glas so leidenschaftlich auf die Platte, dass David sich wundern muss, dass diese standhält. Vielleicht ist es ein Fehler gewesen, hier aufzutauchen, denkt er. Die letzte Woche war anstrengend, denn immer trauriger werden seine Patienten. Er hätte im Bett bleiben sollen, heute, er hätte lesen können oder fernsehen – nein, schlafen. Später hätte er sich eine Partyplatte Sushi bestellt und den Champagner allein –

»Warum wollen all diese Mädchen plötzlich Jungen werden?«

»Es ist ein wenig seltsam, ja.« David steckt sich seine Zigarette an.

»Zumal die Abstiegschancen für Jungen gar nicht mehr so rosig –«

»Die Abstiegschancen sind sehr rosig, mon cher. Ich glaube, du hast da etwas verwechselt.«

»Ja, eh.«

»Ist langweilig, nur mit Vecchi! Ihnen es fehlt ein Arlecchino.«

Marie-Louise erschrickt. Sie hat vergessen, dass Ivana noch immer hinter ihr steht. »In einer Welt voller Narren braucht es keinen Harlekin mehr«, erwidert sie.

»Eigentlich, es braucht schon. Überall in Europa, Narren waren Einzige, die sagen durften Wahrheit. Sie wurden geliebt dafür, waren aber auch Bedrohung für Macht. Harlekin ist erst verschwunden mit Aufklärung, aber vielleicht er kommt zurück – Aufklärung ist schließlich vorbei.« Ivana macht eine gewichtige Pause und grinst. »Eigentlich, Sie müssten sagen das, Madame.«

»Stimmt«, sagt David. »Eigentlich, also für gewöhnlich wäre das dein Einwurf als Kulturfetischistin.«

»Kultur*pessimistin*, wenn ich bitten darf. Was kommt als Nächstes, Dottore? Küchenlatein?«

»Nunc habemus endiviam«, lacht David.

Doch Marie-Louise dreht sich zu ihrer Haushälterin. »Und außerdem ist die Geschichte kein Kreis, Ivana. Diese Auffassung ist mir viel zu hoffnungsfroh.«

»Aber Madame, ich nicht habe –«

»Was wir erleben, ist eine Renaissance der Lüge.«

»Warum wollen Mädchen Jungen werden?«, wirft David beschwichtigend ein, doch schon gleitet Ivana wieder davon. »Du warst schließlich unlängst auch mal ein Mädchen. Und können wir bitte endlich anstoßen? Der Champagner wird schal.«

»Auf mich!«, ruft Marie-Louise und hält ihm ihr Glas entgegen. »Ein Mädchen zu sein, ist immer schwierig«, spricht sie weiter, schluckt und sieht kurz aus, als hätte sie vergessen, worüber sie sprechen will. »Ihr fangt nicht an zu bluten, das ist ein großer Unterschied«, stellt sie fest, als sie die Farbe entdeckt: Ein wenig Lippenstift ziert nun auch ihr Glas.

David kratzt sein Handgelenk, fährt dann mit dem kleinen Finger unter die silberne Schnalle seiner Armbanduhr.

»Und auch, wenn sich das derzeit ändert, haben noch immer überwiegend Mädchen Essstörungen und Depressionen. Man sollte meinen, es sei ein Fortschritt, dass diese Themen heute offener diskutiert werden, dass Mädchen dazu aufgefordert werden, stolz auf ihre Menstruation zu sein. Ich glaube das nur bedingt.«

David nimmt seine Armbanduhr ab, kratzt sich weiter und massiert sein Handgelenk mit Daumen und Zeigefinger.

»Den Frauen geht viel verloren, wenn sie zu selbstbewusst werden.«

»Sind wir heute ein wenig misogyn, meine Liebe?«

»Das musst du gerade sagen.«

Immer wirft sie ihm vor, dass er sie nicht begehrt. David hätte wirklich im Bett bleiben sollen. Manchmal denkt er, dass er allein viel weniger einsam ist als in Gesellschaft. »Was bitte, was geht ihnen verloren, wenn sie selbstbewusst werden?«, fragt er schließlich. »Ihr Stil. Ich spreche nicht von echtem Selbstbewusstsein, das wäre ja wünschenswert. Ich spreche von Mädchen, die blutige Tampons in ihre Kamera halten. Das ändert nichts an der Art ihres Aufwachsens. Und überhaupt, was soll diese neue Hässlichkeit? Aber wir kommen vom Thema ab. Was ich sagen will, ist, dass der neue Feminismus nur ein scheinbarer ist, ...«

»... einer, der nicht verhindern kann, dass immer mehr Mädchen zu Jungen werden wollen?«, beendet David ihren Satz.

Nun strahlt Marie-Louise, endlich wird sie verstanden.

»Wie auch immer«, sagt David, denn es ist gegen seine Gewohnheit, derart offen über dieses Thema zu sprechen. Auch seine Kollegen meiden dieses Thema für gewöhnlich, und insgeheim hat er sich schon vor langem dagegen entschieden, Transpersonen überhaupt anzunehmen. Normalerweise lehnt er sie unter einem fadenscheinigen Grund ab und gibt jemand anderem den Therapieplatz, weil er Angst hat, etwas falsch zu machen. »Wie auch immer«, sagt er noch einmal und legt seine Uhr wieder an. »Deine Schwester ist kein Mädchen mehr, deine Schwester wird heute fünfzig Jahre alt. Und mit fünfzig Jahren ist man für gewöhnlich erwachsen.«

»Ja.«

»Und wenn eine Frau ihres Alters, eine so erwachsene Frau, sich entscheidet, ein Mann zu sein, kann man davon ausgehen, dass sie es sich reiflich überlegt hat, dass sie vielleicht wirklich –«

»Ja.« Marie-Louise macht eine Pause. »Nein.«

»Nein?«

»Nein, sie nicht. Marie-Claire war schon immer –«

»Deine Schwester heißt auch Marie?«

Marie-Louise seufzt. »Als hätten unsere gemeinsamen Gene nicht ausgereicht, hat man uns auch noch mit den gleichen Namen ausgestattet. Geplant war, dass unsere Zweitnamen unsere Rufnamen würden. Wir haben uns dann jedoch Marie Eins und Marie Zwei genannt, das hat Mutter in den Wahnsinn getrieben … Ich war natürlich Marie Eins.«

»Natürlich.« Davids Glas ist schon leer, doch das von Marie-Louise auch – er schenkt ihr nach, dann sich. »Wie war Marie-Claire schon immer?«

»Schwach war sie, beeinflussbar.«

»Bei einer solchen Schwester –«

»Was soll das nun heißen?«

»Du bist ein wenig … dominant.«

»Mein Gott, ich entschuldige mich schon gleich bei deiner teuren Ivana.«

»Das wäre das Mindeste.«

Marie-Louise verdreht die Augen, dann ihren Oberkörper in Richtung der Insel. »Komm schon, Ivana, trink ein Glas mit uns!«

Doch Ivana sieht aus dem Fenster, sieht in das Grau. Marie-Louise durchzuckt es: Sie werden wirklich verschluckt. Sie sieht wieder nach der Decke, nach dem Deckenfenster – Grau, nur Grau. »Ivana, bitte. Es tut mir doch leid.«

Eigentlich war es Marie-Louise recht gewesen, ihre Haushälterin für einen Moment in der Küche zu wissen, denn manchmal ist sie nicht sicher, wen David eigentlich besucht, ob er nicht wegen Ivana kommt. Sie hat ihn erst letztes Jahr kennengelernt, bei der schrecklichen Vernissage eines schrecklichen Künstlers in einer schrecklichen Galerie. Sie waren ins Gespräch gekommen – wie, das weiß Marie-Louise nicht mehr. Doch sie hatten viel getrunken und festgestellt, dass sie beide bereits im Alter von vierzehn Jahren das Gesamtwerk Thomas Manns gelesen hatten, dass sie Thomas Mann seitdem nicht mehr anfassen konnten, dass sie ihn nicht ertrugen und dass doch alles mit ihm verbunden geblieben war – dass sie Thomas Mann nicht mehr entkommen würden.

»Ist der Gobelin neu? Der ist doch neu, oder?«

»Ja.«

»Hübsch, ein wenig groß. Siebzehntes Jahrhundert? Achtzehntes? Und ist das eine Tageslichtlampe? Ist die –«

»Ja, die ist auch neu. Sie soll meiner Winterdepression vorbeugen.«

»Und? Erfüllt sie ihren Zweck?«

»Ich habe sie noch nicht getestet.«

Ivana hat sich derweil an den Tisch gesetzt und den Rest des Champagners in ihr Glas, dann in ihren Mund geschüttet; nun schüttelt sie den Kopf, gerade so, als würde sie die immer neuen, sinnlosen Anschaffungen ihrer Madame nicht weiter billigen, jetzt, da diese sich einen Fehltritt erlaubt hat. »Sie müssen Kammer sehen, Herr Hofer. Alles ist voll.«

Danke Ivana, es reicht, will Marie-Louise sagen. Doch begnügt sie sich damit, zwischen David und ihrer Haushälterin hin- und herzusehen und dabei so wenig konsterniert wie möglich dreinzuschauen. »Wir können sie ja einmal testen, die Lampe«, schlägt sie vor.

David erhebt sich, läuft um den Tisch, läuft zur Lampe und plötzlich erstrahlt der Raum in gleißendem Weiß. »Ich weiß ja nicht«, sagt er.

»Also ich fühle mich gleich weniger deprimiert«, behauptet Marie-Louise. »Wie wäre ein bisschen Musik?«

»Ich mache, Madame.« Ivana möchte die Musik lieber selbst auswählen. Die Haushälterin erhebt sich, gleitet an den Regalen mit den Platten vorbei und greift zielsicher nach einem Album von Curtis Mayfield.

Langsam löst sich Marie-Louises Anspannung. Schließlich ist sie es, die zum Weinschrank geht und eine neue Flasche holt, sie sogar sabriert. Wofür hat man immerhin einen Säbel? Und als sie zurück bei Tisch, zurück bei David ist, bekommt sie für einen Augenblick jenes erwartungsvolle Geburtstagsgefühl, das sie seit ihrer frühen Kindheit vergessen hat. »*And if there's a hell below, we're all gonna go, go, go, go, go*«, singt sie mit, reicht Ivana den Champagner zum Nachschenken und fordert den belustigten David zum Tanz auf.

Und so tanzen sie durch die hellerleuchtete, vollgestellte Burg. Sie hören den einsetzenden Schneeregen nicht, das trommelnde Plätschern, und auch nicht das Rauschen des Wienerwalds. Ivana steht beiseite, weiß nicht, ob sie spöttisch zusehen soll oder amüsiert; vielleicht wippt sie ein wenig auf und ab.

Doch sowie die ersten Takte von *Move On Up* erklingen, kommt ein erhitzter, noch immer sehr gut aussehender Herr Hofer auf sie zu. Wo hat er diesen Hüftschwung gelernt, fragt sie sich, als sie schon seine feuchte Hand in der ihren spürt, merkt, wie sie fortgewirbelt wird. Einen tastenden, fragenden Blick zu Frau Auer, doch die hält die Augen geschlossen und singt.

Marie-Louise hört einen Knall und öffnet die Augen, ihre Haushälterin liegt in Davids Armen, über seinem Bein: eine komplizierte Figur. Es ist nicht mehr so hell wie eben noch, die Gesichter der beiden sind errötet. »Ist die Glühbirne geplatzt?«, fragt sie in den Raum und ist sich nicht sicher, ob es ihr gelungen ist, die Trommeln zu übertönen.

»LED nicht kann platzen.« Ivana richtet ihr wirres Haar.

Davids Ausdruck lässt sich nicht so leicht entwirren. »Irgendetwas aber ist gerade geplatzt«, bestätigt er sie.

Was ist denn in mich gefahren, fragt sich Marie-Louise und steuert unsicheren Schrittes den Tisch an, ihren Stuhl. Mit der Geburtstagsstimmung ist es nun wieder aus, und nachdem sie Ivana dazu auffordert, die Musik leiser zu drehen, fällt ihr ein, dass sie in wenigen Stunden ihre Zwillingsschwester wiedersehen, ihren Bruder das erste Mal sehen wird. Sie wird in ihr eigenes Gesicht sehen, nur dass dieses Gesicht sich dazu entschlossen hat, ein Mann zu sein.

»Ivana, hattest du unserem Gast nicht ein Frühstück versprochen?« Marie-Louise setzt sich. Und als auch David sich gesetzt hat und Ivana hinter ihrer Insel verschwunden ist, fasst sie sich leidend an die Stirn. »Ich habe die Bachmann gelesen, die ganze Nacht. Sei so gut und gib mir eine Zigarette, mein Lieber.«

»Bittschei.« Sie hat *die* Bachmann gelesen. Marie-Louise geht David allmählich auf die Nerven. »Ich ertrage diese an sich selbst leidenden Deutschen nicht mehr«, sagt er, während er ihr Feuer gibt.

»Sie war Österreicherin.«

»Nun ja ...« Eigentlich meinte er Marie-Louise, doch über die Verwechslung muss er lachen, nein, schmunzeln, denn lachen wäre zu viel. Wenn Deutsche nach Österreich ziehen, dann weil sie zu viel Stifter gelesen haben oder eben *die* Bachmann – deutsche Autoren, im Grunde genommen. Manchmal ist Marie-Louise doch sehr mittelmäßig. Für einen Augenblick überlegt er, ob er ihr *die* Mayröcker oder *die* Aichinger empfehlen soll, wenn sie sich nun schon für Lyrik interessieren muss, doch er unterlässt es lieber. »Darf ich mich an den Flügel setzen?«, fragt er stattdessen. »Ich habe in letzter Zeit Schumanns Fantasiestücke eingeübt. Den Abend, den Aufschwung, das Warum und –«

»David, kannst du bitte bleiben? Den ganzen Tag, am besten auch über Nacht. Ich schaffe das nicht ohne dich.«

Sie sieht aus wie ein Kind, das man an einer Autobahnraststätte vergessen hat und das sich nun, nach langem Zögern, dazu entschlossen hat, den Tankwart um Hilfe zu bitten. »Ja«, sagt er viel zu schnell. »Also, es kommt natürlich darauf an, was heute Abend gekocht wird.«

»Danke, David, lieber David. Danke!« Marie-Louise fasst nach seiner Hand, hektisch, und er lässt es geschehen. »Lange wird es ohnehin nicht gehen, ich muss morgen früh zum Damenschach. Wir können dann gemeinsam in die Stadt –«

»Damenschach?«

»Eine alte Freundin von mir organisiert alle zwei Wochen Turniere, um Frauen diesen Männersport näherzubringen. Normalerweise treffen sie sich im Prückel, aber das geht ja nun nicht mehr.« Marie-Louise macht ein Gesicht, als würde sie nach etwas suchen. »Jedenfalls lädt sie zu sich nach Hause ein«, spricht sie schließlich weiter. »Es heißt, sie hätte eine beachtliche Porzellan-Sammlung. Und es wird sicher lustig zugehen, mit all den alten Emanzen. Vielleicht sollte ich mir eine Latzhose kaufen.«

David ist nun vollends verwirrt. Ihr ironischer Ton verdeckt nur schlecht Marie-Louises neues Interesse am Feminismus, aber das ist es nicht, das stört ihn nicht. Vielmehr war er sich sicher, dass sie keine Freundinnen hat.

»Soll ich machen frische Palatschinken, Madame? Alte nicht mehr warm«, ertönt es von der Insel.

»Ja, bitte«, ruft Marie-Louise zurück, um noch ein wenig länger ungestört zu bleiben, doch nun weiß sie nicht mehr, wovon sie eigentlich sprechen wollte.

»Was ist denn nun mit diesem Bruder?«, fragt David in die Stille; seine Finger zucken unter den ihren. »Ihr seid in Hamburg aufgewachsen, oder? Wohnt er –«

»Er wohnt in Berlin, schon seit dreißig Jahren, und hat eine Galerie. In Mitte ist die, glaube ich.« Marie-Louise bemerkt, wie Davids Hand sich aus ihrem Griff lösen will und legt zur Befestigung auch ihre zweite auf die seine. Sie selbst hat nie wirklich gearbeitet, dafür hat Marie-Claire sie immer verachtet.

»Warum ist er schwach und beeinflussbar? Du meintest, er wäre –«

»Ich weiß es nicht. Ich denke, sie war schon immer ein wenig unsicher. Habe ich dir mal von der Kommune erzählt?«

David schüttelt den Kopf und macht sich von den dürren Fingern frei.

»Unser Vater verließ uns, da waren wir fünf Jahre alt. Er zog weg, ich habe ihn nie wieder gesehen. Und mit ihm verschwand das Geld.« Marie-Louise seufzt. »Bald mussten wir fort aus Blankenese und –«

»Du kommst aus Blankenese? Ich wusste gar nichts von deiner hohen Geburt. Blankenese ist immerhin ein sehr feines Pflaster, und ich dachte, du wärest eine …«

»… eine Aufsteigerin?«

David nickt zaghaft und winkt mit der leeren Flasche in Richtung der Küche.

»Meine Mutter bewegte sich schon vor dem Wegzug meines Vaters in seltsamen Kreisen. Manchmal rede ich mir ein, er sei deshalb gegangen. Dass er ihre wallenden Batik-Kleider nicht mehr sehen konnte und wieder Fleisch essen wollte … Ein paar Wochen sind wir von Couch zu Couch gezogen – das muss man sich mal vorstellen, eine Mutter mit zwei Kindern. Wir waren verstört: kein Personal mehr, kein Pferd, nichts. Nur diese wechselnden, verwahrlosten Wohnungen. Eigentlich hätten wir eingeschult werden müssen, aber da sie sich die Waldorfschule nicht leisten –«

»Euer Vater hat euch keinen Unterhalt, überhaupt nichts gezahlt?«

»Und dann hat sie die Kommune entdeckt. Das war wohl im Sommer, nachdem Ulrike Meinhof starb. Ich weiß noch, dass die Stimmung in den verlotterten Wohnungen immer schlechter wurde.«

»Ihr müsst noch sehr jung gewesen sein, oder?«

»Ja, aber ein Pferd prägt sich ein. Und für Junkies gilt dasselbe.«

»Danke, Ivana. Ist das englisches Silber?«, fragt David und nimmt eine neue, nicht mehr ganz volle Champagnerflasche vom Tablett.

»Geburtstagsgeschenk für Madame.«

»Ist das von dir, Ivana?«, fragt Marie-Louise und errötet. Ivana begnügt sich mit einem schlichten, gar stoischen Kopfnicken. Sie ist schon wieder hinter der Insel verschwunden, als Marie-Louise Davids strengen Blick auf sich spürt.

»Danke, Ivana! Das ist wirklich sehr schön. Ich liebe englisches Silber«, ruft sie ihr hinterher.

»Was war das für eine Kommune?«

»Die lag ein wenig außerhalb, bei einem verlassenen Dorf. Es gab ein paar alte Bauernhäuser, doch die meisten lebten in Wohnwagen. Meine Mutter hat ihre letzten Dior-Kleider verkauft, um uns dort einzukaufen.«

»Ich dachte, sie hätte Batik getragen?«

Marie-Louise fährt zusammen, als sei sie bei etwas ertappt worden. »Du hast die Siebziger doch auch erlebt«, sagt sie schließlich. Dann macht sie eine Pause und sieht nach dem Deckenfenster. »Wir lebten in einem der Häuser, zusammen mit einer anderen Familie«, spricht sie weiter. »Helga und Veit mit ihren Kindern Olaf und Freja.«

»Sind Namen wie aus Nazi-Soap«, ruft es von der Insel herüber. »Niemand so heißt in echte Welt.«

»Das klingt greislich«, sagt David und schüttelt sich. »Wirklich greislich klingt das.«

»Weil es sonst niemanden gab, freundeten wir uns mit Olaf und Freja an. Das ging dann ein paar Jahre einigermaßen gut, auch wenn wir uns nie wirklich nah waren.«

»Ihr lebtet im selben Haus.«

»Ja, aber es gab immerhin separate, abschließbare Schlafzimmer. Und außerdem hatten Marie-Claire und ich im Gegensatz zu unserer Mutter nicht vergessen, dass wir einer anderen Schicht entstammten – das ließen wir die anderen Kinder merken. Wie du dir vorstellen kannst, steigerte das unsere Beliebtheit nicht ins

Unermessliche. Mutter schien von alledem nichts zu merken. Nach einer kurzen manischen Phase zog sie sich zurück und verließ ihr Zimmer immer seltener. Wir mussten ständig leise sein, um sie nicht zu stören.«

»Das muss schwer auszuhalten gewesen sein«, sagt David und zündet sich eine Zigarette an.

Nun spricht er zu ihr, als wäre sie seine Analysandin. Marie-Louise hasst das, nicht nur, weil es sich nicht gehört – auch, weil sie dann das Gefühl beschleicht, durchschaut zu werden. Nie hat sie so offen zu ihrem Freund gesprochen, und nun zerstört er alles, indem er ihr die Deutungshoheit über ihre eigene Geschichte nimmt.

»Frische Palatschinken mit selbstgekochte Marillenmarmelade, und für Sie Herr Hofer auch ein Omelett!«

»Danke, das wäre doch – das wäre aber wirklich nicht … Ein Kipferl hätte völlig genügt.«

Ivana öffnet ihre Hand und lässt sie über all den Köstlichkeiten kreisen, die schon seit geraumer Zeit auf dem Tisch stehen. »Sie nicht haben angerührt, das Croissant«, sagt sie und ein Hauch von Anklage schwingt in ihrer Stimme mit.

»Sind das Steinpilze in dem Omelette?«, fragt Herr Hofer, was Ivana umgehend liebenswürdig stimmt.

»Und Parasol. Sind selbst gepflückt«, verkündet sie stolz.

Während David und ihre Haushälterin sich in immer neuen, übertriebenen und, weil sie sich dafür bereits zu nahe stehen, vollends sinnlosen Höflichkeiten ergehen, sieht Marie-Louise nach der Decke, nach dem Deckenfenster, in das Grau. Obgleich sie keinen weiteren Farbton darin erkennen kann, weiß sie noch, dass das norddeutsche Grau grauer gewesen war, kälter und strahlender.

Es klingelt.

»Hilfe, ist es schon so spät, Ivana?« Fast schreit Marie-Louise.

»Ich nicht weiß, wer das ist.«

»Lass uns besser nachsehen, bevor du aufmachst.«

David erhebt sich und läuft seiner Freundin hinterher, in den Flur, zur Gegensprechanlage. Auf dem Bildschirm ist ein junger Mann zu sehen, er hält einen Strauß Rosen in der Hand. Die athletische Statur zeichnet sich selbst noch unter seinem Dufflecoat ab, blondes Haar fällt ihm in die Stirn und sein Kiefer ist breit und glatt.

»Irgendwas machst du sehr richtig, Louise. Er sieht aus wie ein Surfer, der sich in den November verirrt hat.«

»Was will der hier? Und was sollen diese fürchterlichen Rosen? Ivana, hast du Joe gesagt, dass ich Geburtstag habe?«

Doch von Ivana ist nichts zu hören und nichts zu sehen.

»Joe? Er heißt ernsthaft Joe?«

»Ich glaube, er heißt so, ja. Das war nur eine Bettgeschichte, einmalig oder zweimalig.«

Ist Marie-Louise kokett oder kann sie sich wirklich so schlecht erinnern? Manchmal kann David sie nicht einschätzen. »Lass ihn doch rein«, schlägt er vor, gerade als es erneut klingelt.

»Ich bitte dich.«

»Er sieht doch, aber er sieht doch, dass du da bist.«

»Umso besser, dann kommt er nicht wieder.«

»Du bist brutal.«

Marie-Louise will gerade protestieren, als sie auf dem Bildschirm sehen, wie der junge Mann beginnt, auf und ab zu laufen, sich seine Hand immer fester um den Blumenstrauß krampft. Marie-Louises Kamera ist fast unwirklich scharf, und Hautporen erkennt man bloß keine, weil ihr Lustknabe so makellos ist. Wie ein eingesperrtes Tier läuft er auf und ab, wie ein ausgesperrtes. Nun hämmert er gegen die Tür.

»Fotze«, erschallt es von draußen.

»Irgendwas machst du sehr falsch, Louise.« David dreht sich nach seiner Freundin um und sieht hinter ihr den grauen Rock, wie er in großen Schritten den Flur entlangläuft. »Herrgott, Ivana! Ist das ... ist das eine Schrotflinte?«

»Ist nur zu Schutz von Madame.«

»Ivana, bitte!«, ruft Marie-Louise nun. »Der Spacko ist doch gleich wieder weg.«

»Ich schieße nur in die Luft.« Sie ist schon fast an der Tür.

»Ivana, nein! Was sollen denn die Nachbarn denken?«

David lacht. »Seit wann hast du Nachbarn?«

»Ivana, es reicht.«

Ivana blickt sich um, ihre Hand ruht auf der Klinke. Madame sieht recht entschieden aus und Herr Hofer recht schockiert. »Ich nicht lasse so mit Ihnen reden«, ruft sie aus.

»Leg die gottverdammte Waffe weg. Der Bursche ist doch schon am Aufbrechen.«

Auf dem Bildschirm ist nun zu sehen, wie er auf den Rosen herumtrampelt und in Richtung der Tür spuckt. »Fotze! Fotze!«

»Gib mir die Waffe.«

»Ich nicht denke daran, ist geladen«, entgegnet Ivana, doch hat sie die Klinke endlich losgelassen und bewegt sich wieder in Richtung der Küche.

2

David isst langsam und schweigend das nunmehr kalte Omelette. Seine Freundin wirkt gelöster als zuvor, aufgeräumt, gerade so, als hätte sie Gefallen an der Szene gefunden, als wäre sie gestärkt aus ihr hervorgegangen. Eine plötzlich aufkommende Übelkeit bekämpfend, legt er das Besteck auf den Teller, trinkt einen Schluck Wasser, greift nach der frischgestärkten Serviette, tupft sich die kleinen Schweißperlen von der Stirn und nimmt sich dann eine Zigarette. »Wo findest du bloß all diese Jungs?«

»Im Internet, wo denn sonst? Denkst du etwa, ich treibe mich allein in Bars herum?«

»War der Bub überhaupt … War er volljährig?«

»Hast du nun ethische Bedenken oder solche der Eifersucht?«

Marie-Louise sitzt kerzengerade und ein Hauch von Spott streift ihren schmalen, roten Mund.

»Pantalone trägt Geldbeutel auf Höhe von Geschlechtsteil«, ruft es kryptisch von der Insel herüber.

David derweil zündet sich die Zigarette an, nimmt einen ersten Zug. »Ich finde es bloß interessant, dass es für Damen offensichtlich leichter ist, sich –«

»Wie bitte?«

»Als Mann kann man sich das kaum, also nur noch schlecht erlauben. Immerhin werde ich nächstes Jahr sechzig.«

Marie-Louise schaut ihren Freund an und kann sich nicht dazu entschließen, ihn zu bemitleiden. »Bei Homosexualität geht es vor allem um Jugend, zumindest heißt es so.«

»Dir geht es doch um Jugend. Und ich bin nicht schwul, das weißt du.«

»Ja, David, aber als Freudianer solltest du wissen, dass die Wahl des Objekts oftmals weniger konstant ausfällt, als es uns lieb wäre.«

»Ich gehe gleich.«

»Entschuldige. Was wolltest du sagen?«

»Warum diese jungen Männer?«

Marie-Louise streicht sich mit ihrem kleinen Finger über eine Augenbraue. »Es hilft, die Situation zu kontrollieren.«

David verschluckt sich an seinem Rauch.

»Ja, gerade sah es nicht danach aus. Hättest du gern Rendezvous mit Frauen diesen Alters?«

»Ich hatte schon solche Treffen, es ist ein wenig her«, behauptet David. »Und es war meist schrecklich. Man sagt, Frauen würden ältere Männer begehren, aber ich glaube, das stimmt nur bedingt. Und heutzutage ist es noch einmal schwieriger, jemanden kennenzulernen, zumindest wenn man Zufallsbekanntschaften solchen auf Plattformen vorzieht.« Er macht eine Pause. »Ich ziehe Zufallsbekanntschaften solchen auf Plattformen vor«, erklärt er unnötigerweise noch einmal. »Außerdem hätte ich das Gefühl, Susanne zu betrügen.«

»Es geht doch gar nicht ums Kennenlernen.« Marie-Louise hat offenbar keine Lust, über seine verstorbene Frau zu sprechen.

»Nein, aber Sex ist mir nicht so wichtig, als dass ich einfach fröhlich herum … Versteh mich nicht falsch – ich verurteile das nicht. Doch ich denke, ich bin da konservativ, also nicht einmal ideell, eher emotional. Für eine ernsthafte Bindung bin ich nicht mehr bereit.«

Nun ist es doch wieder zu einem Gespräch über sie geworden, über Marie-Louise und David. »Thomas ist auch verstorben«, sagt sie trotzig.

David steht auf, murmelt etwas von Händewaschen und läuft in den Flur. Doch hält er nicht vor der Tür des Gästebads, ins Vestibül läuft er, geht weiter zur Treppe und die Treppe hinauf, geradewegs in Louises Trakt. Er erträgt es nicht, wenn man Susannes Tod mit anderen vergleicht. Leiden, Sterben lässt sich nie vergleichen, aber erst recht nicht, wenn man vorher ein halbes Leben lang glücklich verheiratet war, erst recht nicht, wenn man sich nicht verabschieden kann – schon gar nicht, wenn das Elend aus dem Nichts kommt, plötzlich, wenn es die erste, die große, die einzige Liebe ist, die mit einem Mal von einem besoffenen Lastwagenfahrer dahingerafft wird. Nein, Louise, das lässt sich nicht vergleichen – du solltest das nicht tun.

Dass er sich seit fünfzehn Jahren auf niemand Neues einlassen kann, stößt allerorten auf Unverständnis, als wäre er emotional verkrüppelt, nur weil er es ernst meint mit der Liebe. Zu ernst meint er es, sagen seine Kritiker – sagten es zumindest. Von den meisten seiner Freunde hat er sich tatsächlich getrennt, da hat Ivana schon Recht. Doch ist David lieber allein, als dass er Gefahr läuft, pathologisiert zu werden. Lieber durchläuft er eine fünfte Psychoanalyse.

Hier oben ist es noch vollgestellter als im Erdgeschoss. An die Wurlitzer Jukebox schmiegt sich eine Zimmerpalme, und auf der Brustpresse stapeln sich alte Ausgaben der portugiesischen Vogue; da an den Wänden kein Platz mehr ist, stehen viele der üppig gerahmten Bilder auf dem Boden, lehnen in Reihen an unmöglichen Gegenständen – Cindy Shermans Horror-Clowns in einem Strandkorb. Mit Marie-Louise ist das etwas anderes, hatte er gedacht – auch sie ist verwitwet, auch sie hatte jemanden verloren. Doch nun waren sie einander zu nah gekommen, und manchmal beschleicht David das Gefühl, Louise sei gar nicht in der Lage, zu lieben. Absurd, von einer solchen Person verurteilt zu werden, lächerlich geradezu.

Er bahnt sich seinen Weg entlang einer Truhe aus Schiffsbalken, einer vergoldeten Harfe, petrolfarbenen Schrankkoffern und einem mitten im Gang hängenden Boxsack. Das durch die Deckenfenster fallende Grau beleuchtet all die Scheußlichkeiten monoton, ja neutral. Louise, du bist wirklich verrückt, denkt David und öffnet die Tür zum Bad. Nachdem er sich erleichtert hat, mustert er im Spiegel sein Gesicht, das vom noch immer vollen, wenn auch weißen Haar nicht unvorteilhaft gefasst wird. Die Verzweiflung steht ihm. Ich sehe heute gut aus, die Falten werden allmählich poetisch – ein vollerer Beckett? Belustigt, beschwingt von diesem Gedanken, muss David schmunzeln, dann lächeln; er lächelt in sein Gesicht, und sein Gesicht lächelt zurück. Nur die Augen sind ein wenig gerötet, und eigentlich müsste er die Kontaktlinsen herausnehmen, doch wird er sich dort unten keinesfalls mit einer Brille blicken lassen.

Einer Verrückten kann man nicht allzu lange böse sein. Dennoch verlässt David das Bad nicht durch die Tür zum Flur, die Tür zum Schlafzimmer stößt er auf. Nur einmal hat er diesen Raum betreten, damals, als Louise ihn verführte. Unter dem Vorwand, sie hätte noch eine Flasche Chartreuse, hatte sie ihn hierher gelockt. Sie hatte ihn auf das Bett geworfen und erst von ihm abgelassen, als er sie fortstieß. Ihre Lippe war geplatzt und für einen kurzen Moment sah es recht dramatisch aus, doch schließlich waren beide in hemmungsloses Gelächter verfallen. Ja, und dann hatte er sie auf ihren blutigen Mund geküsst.

Sein Blick streift das ungemachte Bett und er fragt sich, warum eine Frau mit Schlafstörungen eine Kaffeemaschine auf ihrem Nachttisch stehen hat. Sein Blick wandert weiter über die zahllosen Anrichten und Kommoden, den Frisiertisch. Dosen, Pinsel, Bürsten und Stifte türmen sich auf ihm, dazwischen liegt ein Bilderrahmen. David richtet den Rahmen auf und erkennt hinter der zerbrochenen Glasscheibe zwei identisch aussehende Mädchen, deren blondes Haar zu dicken Zöpfen geflochten ist. Das doppelte Lottchen, jedoch in violettem Batik – anscheinend hat Marie-Louise nicht gelogen. Die Mädchen halten sich an den Händen, und ihre Blicke duplizieren sich zu einem einzigen, der den Betrachter fixiert: undurchdringlich, herausfordernd und hart. Schnell klappt David das Bild wieder um.

Zurück in der Eingangshalle, sieht er durch die offene Haustür, wie Ivana die zertrampelten Rosen aufliest. »Es ist kalt geworden.« Ivana schaut auf. »Ja«, sagt sie und lächelt ihn an.

Ob er ihr helfen soll, überlegt David. Doch ist Ivana schon beinahe fertig mit ihrer Arbeit, und allmählich sollte er sich wieder bei Louise blicken lassen. Er nickt der knienden Haushälterin zu und durchmisst die Eingangshalle, dann den Flur.

Seine Freundin sieht nicht aus, als hätte sie sich in der Zwischenzeit überhaupt gerührt. David visiert den Flügel an. Er würde endlich Schumanns Fantasiestücke spielen – den Abend, den Aufschwung, das Warum und, wenn er sich ohne Noten noch an sie erinnern könnte, auch die Grillen.

»Pardon, ich bin scheußlich heute.« Marie-Louise löst sich mit einem Ruck aus ihrer Starre. »Ich wollte dich nicht kränken.«

David steuert wieder vom Flügel weg und setzt sich seufzend zu seiner Freundin. »Angriff ist die beste –«

»Ja, ja … Lass uns etwas Richtiges trinken, ich kann keinen Champagner mehr sehen. Ivana!«

»Die sammelt gerade die Früchte, die Blumen deiner Leidenschaft auf. Ich mache das schon.« David streicht seiner Freundin flüchtig über das sorgsam gescheitelte Haar und geht zur Küche, zur Insel – sucht nach einer Flasche. Er öffnet Schubladen und Türen, findet Töpfe und Gläser, Mixer, Teller und Gewürze. »Wo steht denn hier der Alkohol?«

»Ich weiß es ehrlich gesagt nicht.«

»Das kann doch nicht – das meinst du nicht ernst.«

»Ivana kümmert sich darum.«

David seufzt. »Und das da, ist das keine Bar?« Er zeigt auf einen riesigen stählernen Globus am anderen Ende des Raums.

»Das ist ein Bösendorfer.«

»Ich meine das daneben, das silberne Ungeheuer.«

»Ach ja.« Marie-Louise bleibt sitzen und stützt den Kopf, ihre Schläfen, auf ihre Fäuste.

David durchmisst abermals den Raum. »Diese Entfernungen, diese Entfernungen – wie hältst du das aus?«

Sie antwortet nicht, und der Globus ist tatsächlich besonders hässlich, an ihrer Stelle hätte David ihn auch vergessen wollen. »Hier muss doch irgendwo ein Knopf sein«, murmelt er. »Ein Knopf muss hier irgendwo sein.«

Ivana ist zurück, über ihrer Schulter hängt noch immer das Gewehr. »Gegen treten«, ruft sie.

Sacht tritt David auf die Kugel ein, sie teilt sich knarzend entzwei. Beruhigt stellt er fest, dass keine Melodie erklingt, eine eingebaute Spieluhr mit dem Thema von Doktor Schiwago oder dergleichen. Wo findet Louise all diesen Müll? Einmal hat er sie zu Sotheby's begleitet, doch dieses Prunkstück sieht eher nach der Haushaltsauflösung eines methadonabhängigen Investmentbankers aus. Der Globus enthält einzig eine bereits angebrochene, verstaubte Flasche Amaretto. David fragt sich, wie es der Staub durch den Stahl geschafft hat, dreht sich um und stellt fest, dass zumindest das Gewehr verschwunden ist. »Ivana, gibt es in diesem Haushalt nichts Anständiges zu trinken?«

Ivana fährt entrüstet auf. »Hier nichts zu trinken? Ich jetzt mache Aviation.«

Marie-Louise hat sich unterdessen am Kamin niedergelassen. David setzt sich auf die ihr gegenüberstehende, überaus unbequeme Chaiselongue und blickt an seiner Freundin vorbei, ins Nichts.

»Ist alter englischer Drink aus Zeit der Luftfahrt.« Ivanas linke Hand hält David sein angefangenes Omelett entgegen, während

ihre rechte das englische Silber balanciert. »Violett von Veilchenli-
kör ist Sonnenaufgang über Wolken.«

»Danke, Ivana. Wir wissen, was ein Aviation ist«, sagt Marie-
Louise und nimmt die beiden zuckergeränderten Kelche vom
Tablett.

»Einen Sonnenaufgang könnten wir doch eigentlich ganz gut
gebrauchen, oder? Einen Sonnenaufgang ... Warum hast du deine
Schwester so selten gesehen, in den letzten Jahren?«

»Nicht nur in den letzten Jahren. Seit unserer Volljährigkeit haben wir uns vielleicht fünf- oder sechsmal getroffen.«

Während sie anstoßen und David an der sauren Flüssigkeit nippt,
sieht er Ivana an ihrer Insel, wie sie den Cocktailshaker in einem
Zug austrinkt.

»Oft frage ich mich, warum wir so unterschiedlich wurden –
nein, waren, denn wir waren es von Anfang an.«

»Nun ja, die Umwelt zweier Individuen – und dazu zählen Zwillinge auch – ist niemals identisch.« David seufzt. »Zwillinge sind
auch Individuen«, sagt er unnötigerweise noch einmal. »Ich habe
vor ein paar Jahren einen Vortrag über dieses Thema gehört. Es ging
darum, dass jedes Kind die Mutter zunächst als Teil seiner selbst erlebt, als Zwilling ... Das Gesicht der Mutter ist für den Säugling der
Vorläufer des Spiegels, bevor er lernt, zwischen sich und anderen
zu unterscheiden.«

Marie-Louise sieht nach dem Deckenfenster.

»Und idealerweise fühlen wir uns in der Zeit unserer größten
Abhängigkeit perfekt verstanden, oder?«

Das nach oben weisende Kinn deutet ein Nicken an.

»Diese Erfahrung, das scheinbar grenzenlose Verstehen ist nicht
nur die Basis aller künftigen Beziehungen des Kindes, ... es nährt
in ihm auch die Sehnsucht, jenes Verstehen –«

»Du meinst Fantasiezwillinge.«

»Ja, ich glaube, das Wort hat die Kollegin auch –« David denkt
nach. »Fantasiezwillinge ... «, sagt er langsam.

»Du sprichst von einer allgemeinmenschlichen Erfahrung, Herr Doktor.«

»Nun ja«, fährt er fort. »Wir wollen uns wieder so verstanden – jeder will sich verstanden fühlen … Und jetzt komme ich zu dir und deiner Schwester: Reale Zwillinge scheinen das zu besitzen, wonach sich alle sehnen.«

»Daher rührt die Faszination der Menschheit für Zwillinge, ich weiß.« Marie-Louise zündet sich eine von Davids Zigaretten an und sieht ihm geradewegs in die geröteten Augen. »Wohlan, ich habe von meiner Schwester nie das perfekte Verständnis empfangen, von dem du hier sprichst.«

»Ich wollte ja auch gerade sagen, dass die tatsächliche Situation schwieriger, weitaus schwieriger ist … Zwillinge müssen von Beginn ihres Lebens an die Aufmerksamkeit ihrer Mutter teilen, nicht?«

Marie-Louise schleckt den Zuckerrand ihres Cocktails in einer einzigen kreisenden Bewegung ab. Etwas an der Art, wie David zu ihr spricht, macht sie wütend. Vielleicht hat es mit den langen Pausen zu tun.

»Die Liebesansprüche eines Kindes gegenüber seiner Mutter sind hoch, unmäßig … Sie fordern die Einschließlichkeit.«

»Die Ausschließlichkeit.«

»Ja, eh, die Ausschließlichkeit.« David kratzt sich am Kopf. »Und eine Mutter mit Zwillingen kann den Ansprüchen ihrer beiden Säuglinge nie so gerecht –«

»Ja, ja, ja, ja.« Marie Louise drückt ihre Zigarette auf den Resten von Davids Omelette aus; sie hat sie nur angeraucht.

»Anders als andere Säuglinge haben Zwillinge ein Objekt für die Verkörperung ihres unbewussten Fantasiezwillings – übrigens war ich noch nicht fertig mit dem Omelette.«

»Das hieße, dass ich Marie-Claire als ideale Zwillingsseele empfunden habe, als unverzichtbaren Teil meiner selbst?«

David drückt an seinen schmerzenden Augen herum. »Sag du es mir.«

Doch Marie-Louise macht eine abwehrende Handbewegung, eine Geste, die zugleich einen Bogen und einen Ruck darstellt.

»Es kann auch anders, ganz anders kommen«, fährt er fort. »Der Zwilling kann auch die unerwünschten Selbstanteile repräsentieren, die abgespaltenen …«

Maire-Louise lacht auf. »Vereint in Liebe und Hass.«

»Vereint … In jedem Fall kann das Ausweichen vor der Trennung dazu führen, dass die inneren Objekte miteinander verschmolzen werden … Und das zieht, also das könnte einen psychotischen Zustand nach sich –«

Marie-Louise fixiert David erneut. Seine Pausen sollen suggerieren, dass er sich Gedanken macht, dass er die Gedanken während des Sprechens entwickelt. Als wäre er der Einzige, der denken kann.

»Ich finde, du urteilst heute erstaunlich viel für einen Psychoanalytiker«, unterbricht sie ihn.

»Ich möchte doch nur sagen, dass es für Zwillinge mitunter schwieriger sein kann, eine persönliche Identität zu … Deckt sich das nicht mit dem Bild, das du von deiner Schwester gezeichnet hast?« Auf das Bild, das sie heute von sich selbst zeichnet, spricht David seine Freundin lieber nicht an. »Ich gebe doch nur die Thesen dieses Vortrags wieder«, schiebt er hinterher.

Marie-Louise schweigt.

»Du erzählst mir ohnehin viel zu wenig über deine Vergangenheit.«

Marie-Louise sieht nach dem Deckenfenster.

»Und außerdem analysiere ich meine Freunde nicht.«

»Ja, das behauptet eure Zunft, das muss sie behaupten, damit ihr noch Freunde bleibt.«

»Sie wollen wissen, ob Frau Auer ist Dr. Jekyll oder Mr. Hyde.«

Ivana steht plötzlich da, mit einem frisch gefüllten Cocktailshaker auf dem Tablett.

»Jekyll und Hyde sind doch keine Zwillinge«, protestiert Marie-Louise und greift nach dem Shaker, aber Ivana weicht aus, und die Hand der Hausherrin greift ins Nichts.

»Das nicht zur Sache tut. Sie sprachen von Abspaltung.«

»Ich will gar nichts wissen, Ivana. Jetzt sei lieb und lass Madame in Ruhe. Heute ist ein sehr anstrengender Tag für sie.«

Die Zofe, verblüfft über die Zurechtweisung von ungewohnter Seite, stellt widerwillig den Shaker auf den Couchtisch und verschwindet hinter ihrer Insel.

»Wollte Marie-Claire eigentlich schon als Kind ein Junge sein? Oder in der Pubertät?«

Doch auch Marie-Louise erhebt sich. »Anstrengend war mein Stichwort«, sagt sie. »Ich muss noch einmal die Augen schließen, bevor mein Bruder kommt. Bitte entschuldige mich.« Und ohne eine Antwort abzuwarten, verschwindet sie in ihrem Trakt.

David derweil schenkt sich nach und sieht dem roten Kostüm hinterher. Marie-Louise krümmt sich im Laufen, so als schmerze ihr Rücken, und wahrscheinlich will er nicht mit ihr schlafen, weil sie ihm Angst macht. Die Flocken, die auf das Fenster über ihm rieseln, schmelzen sofort, David nimmt einen großen Schluck, und mit einem Mal wird ihm bewusst, dass er gar nicht mit ihr schlafen *kann*, weil sie ihm Angst macht. Tatsächlich konnte er nur zweimal mit ihr schlafen, doch schon beim zweiten Mal gelang es nur noch mit Mühe, und der möglichen Demütigung eines dritten Anlaufs wird er sich nicht aussetzen.

Es hatte auf Sizilien begonnen, das Problem mit der Potenz. Erst drei Jahre nach Susannes Tod war David wieder verreist. Er war im Oktober nach Catania geflogen, weil Theresa und Ferdinand ihm einen Urlaub befohlen hatten. Könne er nicht wenigstens eine Woche an einem anderen Ort verbringen und schauen, wie es ihm dort erging, hatten sie gefragt. Sie würden in der Zeit sein Apartment aufräumen und ja, auch neu streichen. So jedenfalls könne es nicht weitergehen, hatten sie gesagt.

Die Ferienwohnung war geräumig und in einem schmalen, brutalen Hochhaus gelegen; zwei Balkone und große Fenster führten auf der einen Seite nach dem Meer und auf der anderen Seite nach dem Ätna. Theresa hatte alles organisiert und entweder, sie hatte vergessen, dass er unter Höhenangst litt, oder, und das war wahrscheinlicher, er hatte ihr nie von dieser Schwäche erzählt. David erzählte ungern von seinen Schwächen.

Die Sonne stand tief und färbte den Vulkan in einem zarten Rosé, während ihn eine kleine Dame durch die Zimmer führte. Er verstand kaum etwas von ihrem seltsamen Italienisch. David lächelte, nickte und lief ihr hinterher, bis sie ihm schließlich einen Schlüssel sowie einen glibberigen, womöglich selbstgebackenen Kuchen in die Hände drückte. *Grazie*, sagte er und geleitete sie zur Tür. Dann stellte er den Kuchen auf eine unansehnliche Kommode aus Kiefernholz, öffnete die Flasche Grappa, die er am Flughafen gekauft hatte, und platzierte sich an einer der Balkontüren – blickte auf den Vulkan und fragte sich, ob er wohl ausbrechen würde. Wahrscheinlich, so dachte er, hatte die Signora ihm mitgeteilt, dass das Rauchen nur auf dem Balkon gestattet sei. Er nahm einen Schluck aus der Flasche und öffnete die Tür, wagte es aber nicht, hinauszutreten, und lehnte sich ein wenig vor, damit der Rauch nicht in die Wohnung zöge. Und weil er schließlich nicht nach unten schauen konnte, starrte er weiter auf den Ätna, um den sich kleine, nun violette Wolken gruppiert hatten.

Als es dunkel geworden war, bemerkte er den Motorenlärm von den Straßen, auf die er nicht sah. David schloss die Tür, ging ein zweites Mal durch die Räume, schaltete alle Lichter ein und legte sich auf das Bett. Im Fernsehen war Silvio Berlusconi zu sehen; er hielt eine Rede, und immer wenn die Kamera ins Publikum schwenkte, verweilte sie auf Angela Merkel, sodass es wirkte, als rede der Ministerpräsident mit der unterhaltsamen Mimik einzig und allein auf die enervierte Kanzlerin ein. David schaltete den Fernseher aus, entsann sich Theresas Frage, wann er zuletzt ein Buch aufgeschlagen hatte, und las das erste Kapitel des *Leoparden*.

Anderntags unternahm er einen Spaziergang, besichtigte einige der Kirchen und zündete in jeder eine Kerze für Susanne an. Dann kaufte er das Nötigste ein, Essen, aber auch mehrere Flaschen Grappa. Catania riecht mittelalterlich, dachte David – Urin, Seife und Taubendreck. Diese Stadt gefiel ihm nicht. Er erinnerte sich erst seines Traums, als er wieder am Rand des Balkons stand. David war als Don Fabrizio mit Pater Pirrone nach Palermo gefahren, in einer Kutsche natürlich, und hatte wie der Leopard dort eine Frau treffen wollen. Anders als Don Fabrizio hatte David jedoch vergessen, wo seine Mätresse auf ihn wartete, ja, er hatte den Kutscher bald in die eine, bald in die andere Straße gelotst und schließlich den Geistlichen angefleht, ihm den Weg zu weisen. Der Geistliche hatte geschwiegen, und Leopard David musste Palermo unverrichteter Dinge verlassen. Doch seltsamerweise beschwingte der Gedanke an diesen Traum den Analytiker, ja, er bildete sich ein, erstmals seit Susannes Ableben eine erotische Regung verspürt zu haben, und nahm sich vor, der zu hoch gelegenen Wohnung zu entfliehen.

Am folgenden Tag mietete David einen Wagen, fuhr nach Palermo und buchte eine Suite im Grand Hotel Wagner. Er wurde schließlich bald fünfzig, ein barockes Domizil wäre da nur angemessen, und außerdem hatte er seit der Beerdigung kaum Geld ausgegeben.

In der Suite stürzte David zunächst den Begrüßungschampagner hinunter, dann setzte er sich mit einer der Grappaflaschen in den Whirlpool und plante seine nächsten Schritte. Schließlich betrachtete er sich nackt im Spiegel. Er war ein gut aussehender

Mann, es dürfte also nicht schwer sein, eine akzeptable Frau zu finden. Sorgfältiger als sonst rasierte er sich, reinigte erstmals seit langer Zeit seine Zahnzwischenräume und entschied sich sodann für einen leichten, cremefarbenen Anzug aus Leinen, den Susanne ihm geschenkt und den er noch nie getragen hatte, weil er ihm für gewöhnlich zu leger, zu unbeschwert aussah. Heute aber würde er sich an der Unbeschwertheit versuchen, dachte David und lächelte.

Durch die Straßen lief er und an den Palästen vorbei; erst nach einer halben Stunde fiel ihm auf, dass er den ganzen Tag nichts gegessen hatte. Er setzte sich vor ein Restaurant unweit der Piazza Pretoria, bestellte zunächst gegrillten Oktopus, dann Schwertfisch auf geschmorten Kirschtomaten und trank zwei oder vielleicht drei Gläser Grillo.

David verweilte unschlüssig vor seinem leeren Teller, rauchte und beobachtete die Frauen, die an ihm vorbeiliefen und keine Notiz von ihm zu nehmen schienen. Es war bald dreißig Jahre her, dass er mit einer anderen Frau, einem anderen Mädchen als Susanne geschlafen hatte, schoß es ihm durch den Kopf, während die Lichter der Laternen die einsetzende Dämmerung übertünchten. Sie hatten einander sehr jung gefunden, viel zu früh, hatte David zuweilen gemeint. Er trank seinen Espresso, zahlte und stand auf.

Im Grunde, so dachte er, als er die Statuen am Brunnen umlief, im Grunde konnte er von nun an das Leben führen, dass er sich damals so sehnlichst erträumt hatte. Die Statuen jedoch waren allesamt athletischer als er, faltenlos und mit geringerem Körperfettanteil. Erst jetzt fiel ihm auf, wie viele junge Menschen durch die Stadt liefen, und dabei hieß es stets, die Jungen würden in den Norden ziehen. David ging zum Meer, doch das Meer sprach nicht zu ihm, und er drehte wieder um.

Diese Stadt roch besser, nach Zitrusfrüchten, nach Salz und nach Benzin. Die Jugend Palermos erschien David als eine vitale und sorglose Masse; jeder war sich seines Körpers derart bewusst, dass ihn der Stolz gar provozierte und schließlich seinen Kampfgeist weckte. Ein Gentleman wie er hatte sich wahrlich nicht von diesen Bengeln einschüchtern zu lassen. David setzte sich vor eine Bar, und nachdem er einen ersten Grappa getrunken hatte, traute er sich, einigen der vorbeilaufenden Frauen direkt in die Augen zu sehen. Immerhin zwei von ihnen hielten seinem Blick stand, und immerhin eine lächelte ihn an. Er wollte etwas sagen und aufstehen, doch er blieb einen Moment zu lang sitzen, und schon war sie an ihm vorbeigegangen. David steckte sich eine Zigarette an und fragte sich, was er überhaupt hätte sagen wollen. Dass er sie attraktiv fände und eine Suite im Wagner bewohne? Absurd wäre das, geradezu grotesk.

Eben wollte er um einen weiteren Grappa bitten, als der Kellner ihm eine mandarinenfarbene Flüssigkeit auf den Tisch stellte und zwinkernd in Richtung einer Frau deutete, die David bis zu diesem Zeitpunkt gar nicht bemerkt hatte. Sie saß nur wenige Tische von ihm entfernt, war wie er allein und lächelte ihn an. David stand so schnell auf, dass sein Blickfeld sich für einen kurzen Moment verfinsterte, er schwankte und es musste aussehen, als wäre er bereits betrunken. Die Frau, die Dame aber lächelte noch immer und ermutigte ihn mit einem wohlwollenden Nicken, zu ihr zu kommen.

Sie heiße Stina, dies sei ihr erster Abend in Palermo, und weil er so einsam ausgesehen hätte wie sie sich fühlte, dachte sie, es wäre eine gute Idee, ihn auf einen Drink einzuladen. Dies sei ein Garibaldi und sie wäre ganz verrückt nach dem Zeug. Ob er sich zu ihr setzen möge? David, entwaffnet von so viel Sicherheit, setzte sich zu ihr. *Salute*, sagten sie.

Stina war eine Anwältin aus Oslo. Sie hatte krauses rotes Haar, war ein wenig älter als er, und David war überrascht, wie leicht es ihm fiel, mit ihr zu flirten. Noch überraschter war er, als sie nach zwei weiteren Garibaldis vorschlug, in sein Hotel zu gehen.

Von der Ottomane aus, auf der sie sich niedergelassen hatten, sahen sie durch die offene Schiebetür direkt auf das prunkvolle Bett, und weil dieses Bett mit seinen goldenen Ranken auf David so herausfordernd und ein wenig vulgär wirkte, sah er Stina lieber ins Gesicht, was diese zum Anlass nahm, ihn zu küssen und mit der Hand über seine Hose zu fahren. Ihm ging das zu schnell, und er schlug vor, noch etwas zu trinken, doch sie meinte, er brauche keine Angst zu haben, und weil es ihr gelang, diese Worte ohne Mitleid auszusprechen, hatte David tatsächlich keine Angst. Sie küssten sich weiter, und er übernahm das Steuer, ja, David leckte sie für eine Weile, und das gefiel ihm sehr. Sie hatte ihr Kleid hochgezogen und stöhnte, während er vor der Ottomane kniete, sich in die süße, fast vergessene Tätigkeit vertiefte und darüber nicht einmal bemerkte, dass er nicht steif wurde. Erst als sie vorschlug, ins Bett zu wechseln, wurde er der Ungeheuerlichkeit gewahr.

Das sei überhaupt kein Problem, meinte Stina, nachdem sie ihn zum Bett gezogen und entkleidet hatte. Auf David wirkte es wirklich nicht, als ob die Ungeheuerlichkeit ein Problem für sie darstellte, denn beharrlich und teils entgegen seines Protests probierte sie allerlei demütigende Praktiken an ihm aus. Dennoch, David blieb schlaff. Er könne sie wieder lecken, schlug er vor, doch Stina war ehrgeizig, ja, sie war unermüdlich. Sie ließ nicht von seinem Schwanz ab, und weil er ihr nicht mehr zusehen wollte, fiel Davids Blick auf den Nachttisch, auf dem, wie zum Hohn, der aufgeschlagene *Leopard* lag. Ein wenig zu harsch stieß er den roten Schopf von sich. Dann brach er in Tränen aus.

Er erzählte ihr, dass er Susanne schon mit neunzehn Jahren am Mozarteum kennengelernt und bald geheiratet hatte. Er erzählte ihr, wie glücklich er mit Susanne war, wie sehr er sie liebte, aber auch, dass sie ihm schließlich erklären musste, dass er es nie zum Konzertpianisten bringen würde, weil seine Schultern sich zu sehr verkrampften. Er erzählte ihr, dass ihn immer öfter das Gefühl beschlichen hatte, die frühe Ehe, die verkrampften Schultern und das viele Klavierspielen hätten ihn um Erfahrungen gebracht und er würde etwas verpassen. Er erzählte ihr, dass er Susanne schließlich nicht mehr begehrte hatte, dass er sie schon mit dreißig zu hassen begann, dafür, dass sie zwischen ihm und den anderen Frauen stand. Er erzählte ihr von seiner langen Arbeitslosigkeit, seinen Psychoanalysen, deren erste Susanne bezahlt hatte, und davon, dass sie sich dann langsam wieder annäherten, über ihre Wünsche, ihre Ängste sprachen und einen Weg fanden, wie sie zumindest einmal die Woche miteinander schlafen konnten. Und er erzählte ihr davon, dass jenes Gefühl des Verpassens zurückgekehrt war, als er es gar nicht mehr erwartet hatte, weil endlich auch er beruflich erfolgreich war – und dass er diesmal nicht mit Susanne darüber sprach.

Stina strich dem gebrochenen Mann durchs Haar, während er ins Kissen schrie. Sie strich ihm durchs Haar, als er sagte, dass er sich just an jenem Tage für die Scheidung entschied, als der Anruf der Polizei kam. Sie strich ihm durchs Haar, als er sagte, dass er Susanne im Moment ihres Todes nicht geliebt hatte. Die Anwältin strich ihm durchs Haar, bis er schlief.

Noch bevor die ersten Sonnenstrahlen auf das Bett fielen, war David wieder wach. Neben ihm lag die nackte, die unbefriedigte Frau, der er all das erzählt hatte, was er sonst immer verschwieg. Leise packte er seine Sachen zusammen, ließ jedoch das Buch auf dem Nachttisch liegen und fuhr zurück nach Catania.

Er schämte sich so sehr, dass er die zu hohe Wohnung für den Rest des Urlaubs nicht mehr verließ und begann, dort dasselbe Leben zu führen, das er auch in Wien führte. Am Ende der Woche konnte er jeden Gesichtsausdruck Berlusconis imitieren, der Kuchen der Signora war verschimmelt, und David beschloss, dass er sich nie wieder einer Situation aussetzen würde, für die er sich derart schämen müsste. Er beschloss, dass er sich nie wieder so verletzlich zeigen würde.

»Hier, Herr Hofer, sind Tropfen für Augen. Kennen Sie die Geschichte von Gibbons-Zwillinge?«

»Nein, aber setz' dich doch zu mir«, sagt David, beruhigt über das Versprechen einer Ablenkung. Er schraubt das Fläschchen auf, träufelt sich die Flüssigkeit auf die Netzhaut und blinzelt.

Ivana bleibt stehen. »Wurden Silent Twins genannt. June und Jennifer Gibbons wurden auf Barbados geboren, in Sechzigerjahre. Sie waren auch eineiige Zwillinge.«

David betrachtet die Haushälterin, ihren immer besonnenen Blick; er sieht jetzt schärfer, und ihr Haar glänzt schöner als sonst.

»Waren unzertrennlich und sprachen sehr schnell: ein Variante von Bajan-Creole. Nur sie und Eltern verstanden. Dann aber, in Alter von elf Jahren, sie zogen mit ihrer Familie nach Wales. Zwillinge wurden geärgert in Schule, weil sie einzige schwarze Mädchen waren. Irgendwann, sie versuchten nicht mehr, mit anderen Kinder zu sprechen. Manchmal, sie wurden früher nach Hause geschickt, weil die Situation in Klassenzimmer war so schlimm. Mit niemand, sie redeten, auch nicht mehr mit ihren Eltern. Sprache wurde immer seltsamer, und sie tranken ihren Tee synchron und gingen sehr langsam, in Gleichschritt, wie Zombies. Alle fanden gruselig, aber ihnen, es machte Spaß.«

David nimmt sich eine Zigarette. »Was willst du mir mit dieser Geschichte sagen, meine Liebe?«

»Schließlich man trennte Zwillinge, ihre Eltern schickten sie auf unterschiedliche Internate. Beide hörten auf, sich anzuziehen, zu waschen und zu essen. Auf Betten, sie lagen, und weinten. Man musste sie zusammenführen, wieder. Zurück in Elternhaus, sie schlossen sich für zwei Jahre in Zimmer ein. Sie spielten mit Puppen, sie entwickelten Theaterstücke – sehr komplex; wollten werden

Schriftsteller. Sie schrieben auch Kurzgeschichten und Romane. Geschichten spielten in Malibu und handelten von junge Verbrecher.«

»Verbrecher? Malibu?«

»Ja.« Ivana nickt bedächtig, noch immer hat sie sich nicht gesetzt, doch ihre Hand dreht an einem ihrer Perlenohrringe. »Ich vergessen hab, zu sagen, dass sie Isolation manchmal unterbrachen und mit junge, kriminelle Amerikaner um Häuser zogen.«

»Kriminelle Amerikaner in Wales?«

Ivana nickt weiter. »Sie sogar hatten gleichzeitige Entjungferung mit ihnen. Und dann, sie begangen immer tollkühnere Diebstähle und Brandstiftungen, bis sie kamen in Hochsicherheitsgefängnis. Schließlich eine starb und andere wurde entlassen. Sie nun führt normales Leben. Sie hatten nämlich Pakt geschlossen, dass, sobald eine von ihnen stirbt, die andere –«

»Was um Himmels willen willst du –«

»Ich will Sie nur unterhalten. Und jetzt ich muss kaufen Hummer.« Ivana steht auf, und der graue Rock huscht davon.

David sieht nach draußen, dunkler wird es bereits. Die Fenster, die gläsernen Fronten spiegeln die Bewegungen, das Huschen der Haushälterin nach innen, und David ist, als sei sie gleichzeitig überall und nirgends. Er sieht auf sein Telefon, sieht, dass es bald fünfzehn Uhr ist, und beginnt zu tippen. Eine ganze Stunde bräuchte der nächste Fahrer hierher – vielleicht sollte er ihm entgegenlaufen.

»Da wird man ja depressiv, Herrgott noch mal. Warum schaltest du denn das Licht nicht ein?«

Schnell verschwindet das Telefon zurück im Sakko. »Konntest du nicht schlafen, Louise?«

»Mir ist eingefallen, dass ich mich neu frisieren müsste, legte ich mich erst hin. Ich habe im Sitzen geruht. Wo ist Ivana schon wieder?«

»Hummer kaufen.«

»Miststück.«

58

»Danke.«

»Nicht du.«

»Der Hummer?«

Nun ist es Marie-Louise, die tippt, allerdings auf eine Fernbedienung, bis diverse Wände, Nischen und Skulpturen in indirektem, gedämpftem und dennoch ein wenig kränklichem Licht erstrahlen. »Was?«, fragt sie.

»Wie ruhst du im Sitzen?«

»Das ist die Partybeleuchtung. *Soiree* heißt das Programm, das ist mir lieber als *Lounge*.«

David beginnt, in einer beidseitig ausgeführten, kreisenden Bewegung seine Schläfen zu massieren.

»Weißt du, ich denke, das Problem ist, dass uns die Leichtigkeit verloren gegangen ist.«

David sieht zu seiner Freundin auf und verspürt wahrhaftig keine Leichtigkeit.

»Wir sind doch mit John Waters aufgewachsen, mit Amanda Lear und Freddie Mercury. Es waren freiere Zeiten, in denen mit den Geschlechtern gespielt wurde.«

»Mir sagen diese Namen nichts.«

»Du weißt nicht, wer Freddie Mercury ist?«, fragt Marie-Louise entsetzt. Eigentlich hätte sie ihm an dieser Stelle wieder seine Homosexualität vorwerfen wollen.

»Ach doch, jetzt wo du … Er war der fünfte Beatle, oder?«

»Wo warst du in den Achtzigern?«

»Ich habe Klavier gespielt.« David kratzt sich am Kinn, er ist schlechter rasiert als angenommen. »Für wen war denn dieses Spiel, wie du es nennst, möglich?«, fragt er schließlich. »Für eine Handvoll schwerreicher Künstler?«

Marie-Louise setzt sich. »Zum einen gab es selbst in jeder kleineren Stadt Kreise, in denen sich weniger betuchte Leuten den Geschlechtsnormen versperrten …«

»Wie klein? Und wo genau? Meinst du Manchester oder St. Pölten? Manchester und St. Pölten sind sehr unterschiedliche Städte.«

»… und zum anderen ist meine Schwester zwar keine schwerreiche Künstlerin, aber eben doch eine schwerreiche Galeristin.«

»Wann warst du zuletzt auf einer Vernissage?«, fragt David und zündet sich eine Zigarette an.

»Die letzte Vernissage, die ich besucht habe, war die, auf der wir uns kennengelernt haben. Der Künstler hat mit Bleistift zaghafte Kreise auf riesige Leinwände gezeichnet, so zaghaft, dass man sie kaum sehen konnte. Erinnerst du dich? Man musste eine zwölfseitige Broschüre lesen, um zu verstehen, dass dies als eine Abkehr vom schwarzen Quadrat zu verstehen sei, als eine Abkehr vom männlichen Blick.«

»Du hast das alles gelesen?«

»Nein, aber so habe ich es mir vorgestellt.« Marie-Louise erhebt sich. »Wir werden unangenehm nüchtern, oder? Hat Ivana dir mittlerweile verraten, wo sie die Spirituosen versteckt?«

David fasst seine Freundin am Arm, was sie zu erfreuen scheint. »Jetzt bleib doch einmal sitzen und erzähl mir, was damals in der Kommune geschehen ist.«

»Ach, es ist sicher viel geschehen, weißt du. Wir lebten schließlich unsere halbe Kindheit dort.« Marie-Louise setzt sich widerwillig. »Seltsamerweise kann ich mich aber an kaum etwas erinnern.«

»Vorhin wolltest du mir doch etwas Bestimmtes erzählen, vorhin, bevor es geläutet hat.«

»Helga und Veit gaben sich Mühe, uns nicht spüren zu lassen, wie schlimm es um Mutter stand. Und manchmal nahmen sie uns zu Ausflügen mit …«

David nickt seiner Freundin ermunternd zu.

»Ich konnte die beiden nicht ausstehen. Marie-Claire war fügsamer und hat sich sogar den beknackten Kommunenjargon angeeignet. Irgendwann hatte sie auch kein Problem mehr mit der Freikörperkultur, dem Singen und Tanzen. Sie war zwar zu schüchtern, um wirklich mitzumachen, aber eben auch zu schüchtern, um sich dessen gänzlich und auf Dauer zu verwehren.«

»Im Gegensatz zu Marie Eins.« David lächelt. »Marie Eins war nicht schüchtern.«

»Als wir zwölf Jahre alt waren, ist es dann passiert.« Marie-Louise fährt sich mit den Fingerspitzen durchs Haar, langsam, dann nimmt sie sich eine von Davids Zigaretten. »Mutter war oben im Schlafzimmer, wie immer. Helga war mit Olaf und Freja einkaufen und ich war spazieren, allein. Stimmt, das habe ich viel gemacht, spazieren … Ich bin über den Wagenplatz gelaufen und durch den Wald, manchmal stundenlang, habe mir Insekten angesehen und Blumen gepflückt oder einfach nur geträumt, von Vater, von unserem Pferd und unserem alten Leben, das ich ja so früh verlassen musste, dass ich gar nicht mehr recht wusste, wie es ausgesehen hatte, und das deshalb im Rückblick immer paradiesischere Züge annahm. Doch an jenem Tag begann es plötzlich zu regnen, und ich lief zurück zum Haus, zurück in die Küche, in der ich auf dem Fußboden, auf den nackten Fliesen, Veit über meiner Schwester fand.« Marie-Louises Finger suchen nach einem Feuerzeug, wo ist es bloß, bis David es ihr reicht – nein, es für sie entflammen lässt. Sie nimmt den ersten Zug. »Veit sah mich nicht«, spricht sie weiter, »im Gegensatz zu Claire. Ich werde ihren Blick nie vergessen – so gedemütigt und angsterfüllt, und doch so, als sei sie nicht wirklich da. Ich nahm den Schürhaken und schlug auf Veits Kopf ein … viermal, fünfmal.« Marie-Louise sieht dem Rauch ihrer Zigarette hinterher. »Er starb sehr schnell. Als er sich zu mir umdrehte, war sein Blick bereits erloschen. Er fiel nach hinten, gewissermaßen aus meiner Schwester heraus. Das war das erste Mal, dass ich einen erigierten Penis sah.«

»Greislich«, stammelt David. »Wie grauenhaft!«

»In dem Moment war ich überraschend ruhig. Ich nahm meine Schwester in den Arm, gab ihr ein Glas Wasser und dann beeilten wir uns, den toten Körper loszuwerden.«

»Was?«

»Die anderen wären schließlich bald nach Hause gekommen.«

»Aber ihr wart noch Kinder«, protestiert David und starrt seiner Freundin direkt ins Gesicht. »Kinder wart ihr noch.«

»Ja.« Marie-Louise schweigt einen Augenblick. »Nein.«

Nun ist dem Analytiker doch nach etwas zu trinken.

»Wir gingen sehr schnell vor, sehr vernünftig. Man hat Veit nie gefunden, nie verstanden, warum er nicht mehr da war. Und ehrlich gesagt bist du der Erste, dem ich diese Geschichte anvertraue.«

David aber weiß nicht, ob er seiner Freundin glauben soll. Da sitzt sie in ihrem karmesinroten Anzug, in ihrem vollgestellten Haus, pedantisch darauf bedacht, keine Kleinbürgerin zu sein. Musste sie dafür wirklich einen Veit töten? Kam sie überhaupt aus Blankenese? Sobald er seinen Blick von ihr wendet, kommt ihm die Geschichte seltsam vor, an den Haaren herbeigezogen. Doch wenn sich ihre Blicke wieder treffen, muss er ihr glauben. Wie praktisch es ist, dass seine Analysanden ihn nicht ansehen können, wenn sie zu ihm sprechen, und vor allem – dass er sie nicht ansehen muss. David fragt lieber gar nicht erst, was sie meint, mit der Leiche angestellt zu haben.

»Du siehst blass aus, mon cher.« Marie-Louise schenkt ihrem Freund Wasser nach.

Er nickt langsam.

»Ich weiß immerhin, wo der Champagner steht!«

David leert das Wasserglas in einem Zug, schweigt weiterhin, und Marie-Louise steht auf, ein wenig zu dynamisch. Doch diesmal lässt sie den Säbel in der Halterung stecken, und als sie zurück am Tisch ist, fällt die Haustür ins Schloss.

»Gibt kein Hummer, ist Saftladen«, erschallt es durch den Flur.
»Wo warst du denn, Ivana? Und warum willst du unbedingt
Hummer kochen?«
»Was Sie möchten servieren, Frau Auer?«
»Was haben wir denn da?«
Der graue Rock bewegt sich zum Kühlschrank. »Quark, Zucchini, Pfirsich.«
»Noch etwas?«
»Kapern.«
»Mein Gott, warum hast du mich verlassen?«
»Kann bestellen Essen.«
»Du warst doch gerade einkaufen!«
»Aber es gab kein Hummer, bin gleich wieder gegangen. Madame hört mir nicht zu.«
Jetzt schreit Marie-Louise, dass Ivana sie noch ins Grab bringt
und irgendetwas von Mrs. Dalloway – David hört nicht mehr hin.
Doch bewundert er die Haushälterin, vielleicht muss man genauso
mit Marie-Louise umgehen. Gerade überlegt er, ob er den Champagner öffnen soll und warum das noch niemand getan hat, als es
klingelt.

Die Tür öffnet Ivana, mit einem behänden Ruck. Madame und Herr
Hofer sind mit ihr durch den Flur, in die Halle gekommen, und ihr
ist, als versuchten sie sich hinter ihr zu verstecken, obgleich sie sie
turmhoch überragen. Vor Ivana steht Frau – Herr Auer, und wirklich, über den schmalen Lippen thront ein schmaler Schnurrbart.
»Hallo«, sagt er mit tiefer, ein wenig rauher Stimme, doch nicht
nur das, neben ihm steht noch jemand, eine junge Frau in einem
Kaschmirmantel.
»Hallo«, sagen Ivana, David und auch Marie-Louise aus der Tür
heraus, sagen es ungewollt gleichzeitig und im selben, ein wenig
schrillen Ton.

»Darf ich vorstellen, das ist meine Freundin Olivia.«

»Hey, ich bin Olivia.« Sie winkt unbeholfen durch die kalte Luft.

»Marie-Louise, aber das weißt du sicher schon.« Endlich wagt sich die Hausherrin hinter ihrer Zofe hervor. Marie-Louise ist nicht sicher, ob sie ihren Bruder umarmen, ob sie Olivia umarmen soll, ob sie einer, einem der beiden oder beiden die Hand geben oder besser auf Distanz – Marie-Louise bleibt stehen und lächelt. »Hattet ihr einen guten Flug?«

»Ja, wir wurden nicht einmal kontrolliert«, sagt der Bruder. »Es ging viel schneller als gedacht, nur die blöde Stewardess meinte, wir würden die falschen Masken tragen. Da gibt man schon Geld aus, um das Kerosin auszugleichen, Bäume pflanzen zu lassen oder so – und dann wird man behandelt wie der letzte Dreck.« Er lacht und streicht mit Daumen und Zeigefinger über seinen Bart. »Selbst in der Business Class muss man für alles gesondert zahlen! Ich habe dann versucht, zu arbeiten, aber nicht einmal das Internet hat funktioniert.«

»Es gibt Internet an Bord? Dann ist man das Zeug nicht einmal mehr in der Luft los?«

»Wann warst du zuletzt in einem Flugzeug?«

Marie-Louise denkt nach und weiß nicht, wann sie zuletzt in einem Flugzeug war. An die tiefe Stimme wird sie sich noch gewöhnen müssen.

»Wir haben Baguette mitgebracht«, spricht der Bruder weiter und zeigt mit einer unbeholfenen Geste auf Olivia, die eine Papiertüte in ihren Händen hält. »Du bist doch noch frankophil?«

»Sicher, sicher … Mais oui!« Marie-Louise nickt gemächlich, nimmt die drei Stangen Brot von der jungen Frau entgegen und drückt sie Ivana vor die Brust.

»Und wer bist – sind Sie?«

»David Hofer, ein Freund des Hauses, ein Freund von Marie-Louise. Sie können mich ruhig duzen.«

»Angenehm, Marius Janssen.«

»Wirklich? Marius?«, fragt Marie-Louise. »Marius-Clairus?«, fragt sie weiter und bereut es sogleich. Noch immer stehen sie in der Tür und schon hat sie ihn beleidigt. »Entschuldige bitte.« »Ich habe nichts anderes erwartet, Schwesterherz«, lacht Marius. »Aber reinlassen könntest du uns allmählich. Es ist kalt.«

Nach ein paar weiteren, ungelenken Höflichkeiten finden sich alle im Salon, in der Wohnküche ein. Während David neue Champagnerschalen sucht, hilft Ivana den Gästen aus den Mänteln, zunächst Olivia, dann Marius. Als sie den Anzug sieht, den der Bruder ihrer Madame trägt, als sie den senfgelben Dreiteiler aus Cord erblickt, stößt sie einen kurzen Schrei aus.

»Il Capitano«, murmelt sie kopfschüttelnd.

Der Gast sieht sie fragend an.

»Ist rüpelhafter Maulheld, ein feiger Aufschneider.« Sie mustert die Cowboystiefel, in denen seine kleinen Füße stecken. »Oft er ist auch Besatzer«, schiebt sie hinterher.

»Wovon sprichst du, Ivana?«

Doch die Haushälterin verkriecht sich lieber unter den Mänteln und gleitet zur Garderobe.

Marie-Louise indes tut, als hätte sie nichts gehört, und geht ihrem Freund zur Hand. Er hat die Schalen gefunden, verteilt sie auf dem Tablett, derweil sie den Säbel wieder aus der Schublade nimmt. Gemeinsam steuern sie zurück zu den Gästen, und David beobachtet die Zwillinge, wie sie vor einander stehen bleiben und sich taxieren, Marie-Louise, wie sie ihrem Bruder das Tablett entgegenhält. Marius ist etwas breiter und ebenfalls blond, doch sein Haaransatz hat sich nach hinten verschoben.

»Danke«, sagt er. »Und Happy Birthday.«

»Joyeux Anniversaire! Es ist schön, dich mal wieder zu sehen. Nimm dir doch auch ein Glas, Olivia.«

»Ich trinke nicht.«

»Nie?« Marie-Louises Gesichtszüge entgleisen, und für einen kurzen Moment sieht es so aus, als befände sie sich im falschen Körper.

»Ich vertrage Alkohol nicht so gut.«

»Es ist wirklich besser, Louise«, bekräftigt Marius und legt seiner Freundin den Arm um die Taille.

»Ivana! Haben wir noch Saft?«, ruft Marie-Louise. Dann wendet sie sich wieder zu Olivia. »Höre ich da einen britischen Akzent?«, fragt sie, ein wenig gefasster.

»Ich bin in Brighton aufgewachsen, habe aber eine deutsche Mutter.«

»Wie schön, da wollte ich immer schon einmal hin«, gibt David zum Besten. Olivia ist eine große Schönheit, denkt er bei sich. Sie trägt schlichte, hochsitzende Jeans, einen sehr engen, kurzärmeligen Pullover – David versucht, nicht auf ihre Brüste zu sehen – und das kastanienbraune Haar ist hinten recht kurzgeschnitten; eine unbändige Strähne fällt ihr ins Gesicht, vor die großen Augen, vor die Schneewittchenhaut, die schmale Stupsnase und den vollen Mund. Ach, die Jugend …

»Du bist also zweisprachig aufgewachsen? Wo hast du denn meine – meinen Bruder kennengelernt?«

Olivia pustet die Strähne weg. »In Berlin. Ich hab' ein Internship, ein Praktikum gemacht bei –«

»Ja, ja …«, unterbricht sie Marius. »Ich bin jetzt diese Art Mann.« Er kommt seiner Schwester mit ihren Deutungen lieber zuvor.

»Bitteschön. Ist Blutorange.«

Sie stoßen an.

Marius mustert seine Schwester, dann David. Wirklich kalt ist der Champagner nicht. Schlafen sie miteinander? Doch wird auch Marius gemustert; sein Gesicht, sein Körper scheint eine Sensation zu sein. »Ich habe dir natürlich ein Geschenk mitgebracht«, sagt er.

»Setzt euch doch erst einmal, die Reise war sicher anstrengend. Und die Geschenke können wir auch später noch auspacken«, schlägt Marie-Louise vor, weil ihr auffällt, dass sie nichts für ihren Bruder gekauft hat.

Nun gut, dann bleibe ich eben hier, dann gehe ich eben nicht zu meinem Koffer, dann halte ich auch weiterhin euren Blicken stand, denkt Marius und setzt sich neben Olivia. »Ich hatte ganz vergessen, wie unbequem diese Stühle sind. Das sind doch noch die selben wie letztes Mal, oder? Wie lange ist das jetzt her?«

»Acht Jahre«, antwortet Ivana und verteilt kleine Teller auf dem Tisch.

»Stimmt, damals hat Thomas noch gelebt.«

Auch Marie-Louise setzt sich. »Aber er war schon sehr krank.«

»Was hatte er eigentlich für eine Krankheit?«, fragt David ein weiteres Mal.

Doch nun legt Ivana die Brote auf den Tisch. »Was Sie möchten zu Baguette?«, fragt sie in die Runde.

»Ein bisschen Käse vielleicht?«

»Wir haben Kaper.« Die Haushälterin lacht, schnippst mit beiden Händen in die Luft und verschwindet wieder.

Marie-Louise stützt ihren Kopf auf ihre Hände, während ihr Bruder und seine Freundin ein wenig ratlos in den großen, vollgestellten Raum sehen und versuchen, die vielen Möbel, Vasen, Skulpturen und Gemälde in einen Zusammenhang zu setzen – einen Zusammenhang, den es wahrscheinlich gar nicht gibt. Am ehesten erinnert der Anblick an ein Einrichtungshaus, doch zwischen einem alten Solarium und einem neuen Whirlpool steht eine neongrün eingefärbte Reproduktion der Nike von Samothrake, und im Bassin vor einer der Fensterfronten schwimmt etwas, das aussieht wie eine aufblasbare Sexpuppe.

»Kommt das Baguette nicht ursprünglich aus Wien?«, fragt David schließlich in die Stille hinein. »Ich meine, das Baguette kommt aus Wien, also das ursprüngliche, nicht dieses beziehungsweise diese – ihr wisst, was ich meine, oder?«

»Das ist nur ein Mythos.« Marius lächelt. »Das Baguette wurde für die Soldaten Napoléons III. erfunden. Durch die längliche Form konnten sie die Brote beim Reiten in ihren Stiefeln transportieren.«

»Nein, es kommt aus Wien. Das Baguette gibt es schon sehr lange«, behauptet Marie-Louise und wünscht sich, sie könnte ihre These untermauern. »Wenn Franzosen von Österreichern stehlen, spricht niemand von kultureller Aneignung.« Sie lacht wieder ein wenig zu laut über ihren eigenen Witz.

»Schade, dass Ivana gerade nicht da ist«, versetzt nun David. »Wo ist sie nur wieder?«

Marius erinnert sich. »Stimmt, sie weiß schließlich alles«, sagt er.

Olivia scheint diese Eröffnung nicht zu verwundern, sie räuspert sich. »Ich dachte, das Baguette wurde erst Ende des 19. Jahrhunderts erfunden.«

Alle starren die junge Frau an.

»Ich meine, dass es für den Bau der Pariser Underground, der Métro entwickelt wurde. Aus dem ganzen Land kamen Arbeiter, um die Tunnel so schnell wie möglich auszuheben, damit die erste Linie noch vor der Eröffnung der Universal Exhibition – wie sagt man?«

»Weltausstellung«, versetzt David.

»… damit die erste Linie noch vor der Eröffnung der Weltausstellung fertig wurde. Damals waren runde Brote mit einer dicken Kruste üblich, für die man ein Messer brauchte.«

Marie-Louise starrt die junge Frau an.

Olivia senkt den Blick, spricht aber weiter. »Und die Arbeiter aus der Bretagne und der Picardie – oder war es die Auvergne? – anyway, jedenfalls verstanden die sich nicht so gut. Es kam da unten oft zu Auseinandersetzungen und …«

»… und Messerstechereien?«, beendet David ihren Satz fragend. »Hat man deshalb ein Brot erfunden, das man mit der Hand brechen kann?« Er ist begeistert von der jungen Engländerin. »Schließlich kann man ein Baguette mit der Hand brechen«, erklärt er unnötigerweise und strahlt sie an.

Olivia nickt. »Sie mussten ihre Messer oben lassen, wenn sie in die Tunnel gingen.«

Marie-Louise stürzt ihr Glas hinunter und stellt es mit einem Knall zurück auf den Tisch. »Nun, in diesem Haus herrscht glücklicherweise kein Mangel an Messern. Ivana!«

Olivia lacht und Marius schweigt, während Ivana David scheinbar aus dem Nichts ein großes Stück Gruyère vor die Nase stellt.

»Wo kommst du denn schon wieder her? Es gibt also doch Käse?«

»Der kommt aus meinem Zimmer«, flüstert Ivana, während sie erneut seine Augen verarztet. »Ich muss den schönen Käse vor meiner Herrin schützen. Doch da Sie nun einmal da –«

»Aber Ivana, wie sprichst du denn plötzlich?«

»Das wäre jetzt eine gute Gelegenheit, um dir mein Geschenk zu überreichen«, sagt Marius, doch seine Schwester scheint ihn nicht zu hören.

»Kann ich wenigstens für den Käse ein Messer haben?«, herrscht sie ihre Zofe an. »Hier wird nicht geflüstert.«

»Ist das Gouda?«, fragt Olivia, was Marie-Louise ein wenig zu besänftigen scheint.

David wendet sich derweil Marius zu. »Ich hörte, du wärest Galerist? Was für Künstler vertrittst du?«

»Ach, die kennt ihr bestimmt nicht. Es sind vor allem politische Künstlerinnen, migrantische Frauen, aber auch Nonbinäre, überhaupt Menschen, die es auf dem Markt nicht leicht haben. Ich versuche, ihnen eine Stimme zu geben.«

Ivana stößt einen belustigten Schrei aus und verschwindet hinter ihrer Insel.

»Das ist natürlich eine Sisyphos-Arbeit. Man kommt mit dieser Philosophie kaum gegen die großen Galerien an, aber darum geht es mir auch nicht.«

»Worum geht es dann?«

»Lass dir nichts erzählen, David. Es gibt in Berlin kaum eine erfolgreichere Galerie. Und das nicht trotz, sondern wegen dieser *Philosophie*.« Das letzte Wort spricht Marie-Louise noch nasaler aus, als sie ohnehin schon redet.

»Das ist ein wirklich schönes Haus«, wirft Olivia ein, bricht sich ein Stück Käse ab und steckt es sich in den Mund. »Wohnst du schon lange hier draußen?«, fragt sie kauend.

»Zehn Jahre werden es mittlerweile sein.«

Olivia schiebt gleich noch ein Stück Brot hinterher. »Fehlt dir die Stadt?«

»Allzu weit ist es nun auch wieder nicht ... Und wenn es spät wird, kann ich beim guten David schlafen.«

Also doch, denkt Marius und wendet seinen Blick zu dem ominösen Mann mit den geröteten Augen; er ist schon recht angeheitert und es wirkt, als trage er den hohen Kragen für den Fall, dass seine Kraft ihn verlasse und er sein Haupt nicht mehr selbst zu stabilisieren wüsste. »Du interessierst dich also für Kunst, im Gegensatz zu meiner forschen Schwester?«

Davids Zigarette ist schon wieder aufgeraucht. »Ich habe eine Jahreskarte für das Kunsthistorische, aber wie das mit Jahreskarten so ist –«

»Also auch nicht.«

»Ertappt«, behauptet David, um das Thema zu wechseln.

»Was machst du denn beruflich?«, will Olivia wissen.

»Ich bin Psychoanalytiker.«

»What? So richtig mit Liegen und allem drum und dran?«

David lächelt die junge, ein wenig schmatzende Engländerin an. Niemand außer ihr isst. »Mit allem drum und dran«, bestätigt er.

70

»Nice. Ich wusste gar nicht, dass das noch gemacht wird.«

»Voll nice«, sagt Marie-Louise nicht ohne Spott und greift nach der Flasche.

»Meine Schwester hast du offenbar noch nicht therapiert.«

»Manche Fälle …« David beginnt zu kichern. »Manche Fälle nehme ich lieber nicht an.«

Marie-Louise füllt ihr Glas erneut. »Wer ehrlich zu sich selbst ist, kennt die Antwort auch so.«

»Das ist gar nicht einmal so falsch, meine Liebe.«

»Ihr scheint ja ein paar Gemeinsamkeiten zu haben«, sagt Olivia. »Auch Marius will auf keinen Fall in Therapie.«

»Aber ich mache doch meine Übungen mit –«

Marie-Louise fällt ein, dass vielleicht auch ihre Gäste mehr trinken möchten. »Das ist nun allerdings interessant«, unterbricht sie ihren Bruder und schenkt den anderen nach.

»Interessant? Wieso, Schwesterherz?«

»Bitte hör auf, mich so zu nennen. Oder bist du jetzt ein Klempner?« Fast landet ein wenig Champagner auf dem gelben Kostüm. »Man sollte doch meinen«, spricht sie weiter, »dass eine so folgenschwere, eine so irreversible Entscheidung wie die deine in Absprache mit einer fachlichen Autorität erfolgt.«

»Wow«, sagt Olivia.

»Voll wow.«

»Könntest du bitte aufhören, meine Freundin nachzuäffen?«

»Könnte deine Freundin bitte aufhören, wie ein retardierter Zwölfjähriger zu sprechen?«

David steht auf. »Wie wäre ein bisschen Musik? Musik ist immer eine gute Idee.«

Niemand antwortet, und er verlässt den Tisch.

»Derzeit sind tatsächlich noch zwei Gutachten von sogenannten Sachverständigen nötig«, sagt Olivia und verschlingt ein weiteres Stück Brot, ein weiteres Stück Käse.

Marius sieht sie an. Wie leicht es ihr doch fällt, die Angriffe seiner Schwester zu übergehen. Es war gut, Olivia mitzunehmen.

»Diese Gutachten sollen sicherstellen, dass das – how do you say? Sense of belonging?«

»Zugehörigkeitsgefühl«, ruft David ihr zu.

»Diese Gutachten sollen sicherstellen, dass das Zugehörigkeitsgefühl sich nicht so schnell ändert« fährt Olivia, noch immer kauend, fort. »Anschließend muss man vor Gericht. Das Ganze kann einige Monate dauern.«

»Und dann?«, fragt Marie-Louise.

»Dann darf man seinen Namen ändern und sein Geschlecht im Pass. Seit April kann man zwischen männlich, weiblich und divers wählen.«

»Hast du das schon gemacht?«

»Nein. Ich warte auf das Selbstbestimmungsgesetz.«

Marie-Louise sieht ihren Bruder fragend an, doch eigentlich sieht sie ihn nicht wirklich an, sie sieht fragend an ihm vorbei.

»Diese Prozedur ist mir zu demütigend. Immerhin verfüge ich über ein kleines Polster und konnte mir dadurch… vieles selbst finanzieren.«

Olivia lacht auf. »Das Polster war groß genug, um seine Polster entfernen zu lassen.«

»Was daran ist demütigend? Es geht doch nur um eine formelle Angelegenheit.«

Aus den Lautsprechern ertönt der jaulende Klang einer Jazz-Trompete.

»Danke, David. Setz sich doch wieder zu uns«, sagt Marie-Louise. »Das hat Miles Davis für Jeanne Moreau gespielt, für ihren Gang. Das war in einem Film von Louis Malle, der Titel ist mir entfallen. Er hat sich mit ein paar anderen Musikern vor die Leinwand gestellt und zu den Bildern improvisiert. Ihr solltet die Moreau einmal gehen sehen, dann verliert die Welt ein wenig von ihrem Schrecken.«

»*Ascenseur pour l'échafaud* heißt der Film«, versetzt Olivia. Erst im Französischen entfaltet ihr englischer Akzent seine volle Schönheit.

Marie-Louise trinkt pikiert einen weiteren Schluck. Ihr ist, als hätte seit Jane Birkin niemand auf diese Weise Französisch gesprochen. »Was ist denn nun so demütigend?«, fragt sie erneut.

»Es ist demütigend, mich für etwas rechtfertigen zu müssen, das ich immer schon so empfunden habe.«

»Du hast das immer schon so empfunden.«

»Ja«, sagt Marius.

»In unserer Kindheit hast du das schon so empfunden.«

»Ja«, sagt Marius erneut.

»Auch, als wir Vater-Mutter-Kind gespielt haben und du immerzu die Mutter sein wolltest.«

»Ja, Herrgott. Das war ein Spiel.«

»Und deine Entscheidung hat rein gar nichts mit dem Zeitgeist zu tun.«

»Bitte was?«

»Oder mit deiner hübschen, jungen Freundin.«

Marius blickt zu Olivia, greift nach ihrer Hand, doch die Hand entzieht sich. Allmählich ist es wohl auch mit deiner Contenance aus, denkt er sich.

»Louise, jetzt sei lieb und reiß dich zusammen«, wirft David ein und setzt sich wieder an den Tisch. »Deine Gäste sind gerade erst angekommen.«

»Danke, aber Ivana genügt mir als Gouvernante. Und ich reiße mich erst zusammen, wenn dieser Backfisch meine Schwester in Ruhe lässt.«

»Was soll das hier überhaupt werden?« Olivia lacht wieder auf. »Ein Kammerspiel, in dem sich weiße Menschen an die Gurgel gehen? Hältst du dich für Elizabeth Taylor? Hältst du, David, dich für Richard Burton?«

»Ich habe doch gar nichts –«

Doch Marie-Louise unterbricht ihren Freund:»Oho, sie hat noch einen anderen Film gesehen. Und nun wird mir also vorgeworfen, ich hätte keine schwarzen, gelben oder grünen Geschöpfe eingeladen? Ich habe schließlich nicht einmal euch …« Die Hausherrin schüttelt mit dem Kopf und zeigt schließlich mit einem ihrer dürren Finger auf die junge Frau.»Gleich demonstriert sie wohl noch gegen das Wetter – oder gegen die Biologie.«

»Und was habt ihr früher gemacht, Alf geguckt?«

Ivana lacht und ruft von der Insel herüber:»Dafür, wir sind achthundert Jahre zu alt.«

»Achthundert Jahre sind ein wenig hoch gegriffen«, versetzt der Älteste und richtet seinen weißen Kragen.

Olivia wendet sich nun erneut an Marie-Louise.»Du kennst mich nicht, und deshalb verrate ich dir etwas: Ich bevorzuge es, wenn man nicht in der dritten Person über mich spricht.«

»Doch, ich kenne dich. Du bist genauso spießig und sentimental wie der Rest deiner Generation. Das hast du gerade eben bewiesen.«

»Es reicht«, sagt Marius und steht auf. Doch als nun die Hand, die eben nicht wollte, nach ihm greift, stößt er sie weg. Soll Olivia doch allein mit dieser Bagage fertigwerden.

»Ich habe für Sie hergerichtet Thomas' Trakt«, ruft ihm Ivana hinterher.

3

Draußen ist es längst dunkel, doch die Bewegungsmelder weisen Marius den Weg – nein, die Lampen gehen an, bevor er weiß, wo er hinmöchte. Marius folgt den Lampen. Er läuft durch den Flur, durch die Halle und dann die Treppe empor. Nie zuvor hat er diesen Teil des Gebäudes, diesen Trakt, wie seine Schwester ihn gebieterisch nennt, betreten. Letztes Mal hat er noch bei Louise geschlafen, bei Marie Eins. Er stößt die milchgläserne Tür auf, und vor ihm erstrahlt ein weiterer Korridor. Zunächst fällt ihm auf, dass hier keine zwecklosen, überteuerten Gegenstände herumstehen. Hast du Thomas' Räume etwa verschont?

Die Architektur kommt besser zur Geltung. Marius ist sogleich ein wenig erleichtert, jetzt, da er nicht mehr mit dem Müll seiner Schwester konfrontiert ist. Wie viel Geld Louise geerbt haben muss, dass sie so viel kaufen und dennoch diese Villa behalten kann! Marius schätzt den Marktwert der Immobilie trotz schlechter Lage auf einen zweistelligen Millionenbetrag. Er läuft von Zimmer zu Zimmer, alles ist sauber, frei, und auch die Möbel passen endlich zusammen – Stahl und Leder und Glas. Er bleibt stehen und betrachtet eine großformatige Fotografie von William Eggleston, die eine Frau vor einem Spirituosengeschäft zeigt. Sie blickt zur Seite und hält die Hand vor ihr Gesicht, so als müsste sie etwas abwehren, doch vielleicht niest sie auch nur.

Es war ein Fehler, denkt Marius, gleich als Erstes von sich zu erzählen, dass er einer Fluggesellschaft Geld für das Pflanzen von Bäumen gegeben hat. Die Marie-Louises dieser Welt bezeichnen dergleichen schließlich als modernen Ablasshandel.

Vielleicht hat es mit der Trennung, mit dem Zweisein zu tun. Die Getrenntheit wird erst in ihrer Gegenwart unerträglich, denn es ist nicht so, dass Marius völlig anders wäre als seine Schwester. Manchmal vergisst er beim Einkaufen, eine Tasche mitzunehmen, und wenn er dann an der Kasse steht, kauft er die letzten Beutel aus Plastik, die es noch gibt, die wiederverwendbaren, besonders dicken. Und er kauft sie, um sie sogleich wieder wegzuwerfen, denn beim nächsten Mal wird er seine Tasche wieder vergessen haben. Doch nicht nur das – es macht ihm Spaß, den Beutel wegzuwerfen und eigentlich hat er die Tasche auch gar nicht vergessen. Er will die Beutel nicht wiederverwenden. So muss sich auch Louise fühlen, aber generell, in Bezug auf einfach alles, denkt er sich.

Und plötzlich versteht Marius, warum seine Schwester ihre Villa vollstellen muss. Er versteht ihren Verlust, ihre Einsamkeit und für einen Augenblick selbst ihre Wut. Sind die vielen Lilien nur für ihn in die Vasen gestellt worden? Hat Ivana das veranlasst oder wollte Louise, dass er es hier schön hat? Er legt sich nicht hin, setzt sich nicht. Marius läuft weiter durch die Räume, auf und ab – ab und auf. Hier und da streifen seine Finger über eine Sofalehne, über eine Anrichte, gerade so, als wolle er überprüfen, ob auch alles abgestaubt wurde. Es wurde alles abgestaubt, und Louise war schon früher konservativer als er – das hat sicher mit ihrer Mutter zu tun, mit der Auflehnung gegen sie. Louise hat ihr nie verziehen, dass sie sich nicht um uns gekümmert hat.

Die Lilien verströmen einen schmerzenden Geruch, lassen eher an ein Hotelzimmer als an ein Zuhause denken, und mit einem Mal wird ihm bewusst, wie viel Kraft es ihn kostet, die Sprache seiner Schwester zu ertragen. Verwundert stellt er fest, dass auf dem Kopfkissen keine Praline und oder eine Tüte mit Gummibärchen liegt. Was ist so schwer daran, in einer Weise zu sprechen, die niemanden beleidigt und niemanden ausschließt? Hat Marie-Louise schon früher derart geredet oder ist er bloß sensibler geworden?

Letztlich spielt das keine Rolle, denkt er sich, denn er möchte in einer Welt leben, in der jeder und jede gleichermaßen angesprochen wird, in der alle respektvoll miteinander umgehen – das ist doch nicht zu viel verlangt. Heute aber wird er über dieses Thema nicht mit ihr sprechen. Marius kennt die Argumente der Gegenseite ohnehin zur Genüge, und es gibt bessere Gelegenheiten für diese immer gleichen Diskussionen als einen fünfzigsten Geburtstag.

Schließlich fällt ihm ein, dass es auch geruchsneutrale Lilien gibt, solche, die ihm keine Kopfschmerzen bereiten. Diese Blumen sind bloß eine weitere Unverschämtheit, und Mama wurde verlassen, sie trägt keine Schuld – dessen ist Marius sich jetzt sicher. Auch wenn sie zunächst etwas verblüfft war, dass er endlich als der angesprochen werden wollte, der er doch immer schon war, hatte sie ihn schließlich darin bestärkt. Plötzlich ergebe alles einen Sinn, hatte sie gesagt.

Ja, plötzlich ergibt alles einen Sinn. Marius streicht mit den Händen über seine nunmehr flache Brust; sie fühlt sich richtig an und die Narben schmerzen nicht mehr. Dann tastet er nach den Bartstoppeln am Kinn – warum will Louise nicht verstehen, dass ihm diese Stoppeln immer gefehlt haben? Im Grunde hat seine Schwester ihn nicht einmal angesehen. Sie hat in seine Richtung gesehen und doch an ihm vorbei, selbst als sie zu ihm sprach. Schon seit zwei Jahren nimmt er nun Hormone, und in Berlin hat man sich an seinen Anblick längst gewöhnt. Ohne Olivia hätte er das alles nie durchgestanden.

Marius vernimmt ein Summen, ein Dröhnen, und erblickt am anderen Ende des Raums, in der offenen Tür zum Ankleidezimmer, einen anderen Mann – doch nicht nur das: Dieser Mann hat keinen Kopf. Es dauert einige Augenblicke, bis Marius versteht, dass es sich hierbei um eine automatische Bügelmaschine handelt, um eine Puppe, die mittels heißer Luft ein altes Hemd von Thomas glättet.

Das Herz des Galeristen schlägt noch immer schneller, und eine kalte Schweißperle rinnt an seinem Ohr entlang, als er der Puppe den Stecker zieht. Marius fragt sich, warum man die Hemden eines Toten glätten sollte – und warum er sich so sehr von der heißen Luft hat erschrecken lassen. Vielleicht liegt es daran, dass auch er die ganze letzte Nacht nicht schlafen konnte.

Im Bad stehen keine Lilien, Marius schließt die Tür hinter sich. Er läuft über den polierten Marquina-Marmor zur gegenüberliegenden Fensterfront und sieht in das Schwarz – es regnet nicht mehr. Er darf nicht zulassen, dass Marie-Louise sich zwischen ihn und Olivia stellt. Warum hat er sie überhaupt mitgenommen? Und warum lässt er sie nun allein? Marius dreht sich um und kann sich doch nicht entscheiden, nach unten zu gehen. Erst jetzt erblickt er die in den Boden eingelassene und gleichfalls marmorne Badewanne neben sich. Er setzt sich an den Rand, auf die Platten, dreht das Wasser auf, wartet darauf, dass sein Puls sich verlangsamt, und beginnt mit den Atemübungen, die ihm seine Körpertherapeutin beigebracht hat. *In den Bauch atmen*, sagt Frau Storch immer, wenn er zu hyperventilieren beginnt und sie ihn in ihren Armen hält. *Atme in den Bauch, Marius.*

Sein Telefon vibriert, es ist Lea. Sicher will sie ihm nur gratulieren, immerhin hat er ihr eingeschärft, ihn nicht mit dem Geschäft zu belästigen, nicht an diesem Wochenende. Der klare, feste Wasserstrahl erzeugt ein fast mechanisches Geräusch, und Marius drückt seine Assistentin weg. Dann geht er seine Nachrichten durch. Die Nachbesprechung des Gallery Weekends würde ein weiteres Mal verschoben, der kanadische Investor hätte doch kein Interesse an der Plastik, und Onyangos Installation könne nicht atmen, nicht bei dieser geringen Deckenhöhe. Marius schiebt einen Turm auf E4 und presst dann mit dem Zeigefinger auf den kleinen Knopf, bis der Bildschirm schwarz wird. An Geburtstagen muss man sein Telefon ausschalten.

Als er sich hinlegt, bemerkt er, dass die Fußbodenheizung sich seiner Körpertemperatur angleicht. Er zieht seine Schuhe aus, krempelt seine Hose hoch, dreht den Hahn ab und lässt seine Füße ins warme Wasser gleiten. Und so verharrt er einige Minuten liegend, starrt an die Decke und atmet langsam in seinen Bauch, denn eigentlich ist es an Olivia, ihn aufzusuchen.

Endlich klopft es.

»Herein!«

Die Tür öffnet sich, doch es ist nicht Olivias Art, sie zu öffnen. Es sind auch nicht Olivias Schritte, die da auf ihn zukommen.

»Louise, was willst du?«, fragt er, ohne sich nach ihr umzudrehen.

»Weltfrieden wäre schön und natürlich ein faltenfreies Gesicht. War es nicht die Dietrich, die sagte, Gott würde Frauen hassen, weil er all ihre Falten im Gesicht konzentriere, dort, wo sie jedermann sieht?«

»*Die* Dietrich?«

»Du wirst wohl noch Marlene Dietrich kennen«, sagt Marie-Louise. Dass die Dietrich auch gesagt hat, eine Frau müsse sich ab einem gewissen Alter zwischen Falten und Po entscheiden, behält sie lieber für sich. Immerhin hat sie sich gegen den Po entschieden, doch ihre – ihr Bruder ist fett geworden. Jetzt da er nach der Decke starrt, nimmt sie sich einen Moment Zeit, ihn zu betrachten. Der Anzug ist fraglos teuer, aber hässlich, denkt sie. Und es bleibt unklar, ob die Polster seine Schultern nur betonen oder ob sich darunter wirklich die breiten Schultern eines Mannes verbergen. Vielleicht lügen die Polster.

»Mir ist offen gesagt egal, was *die* Dietrich von sich gegeben hat. Hast du immer schon so geredet, oder kommt das von selbst, wenn man das Haus nicht mehr verlässt?«

»Ich habe mich bei deiner Freundin entschuldigt.«

Marius schließt die Augen und hört, wie seine Schwester aus ihren High Heels schlüpft. »Sie ist ganz anders als du denkst«, sagt er. »In gewisser Hinsicht ähnelt sie dir sogar mehr als mir.« Marie-Louise setzt sich schweigend neben ihren Bruder, an den Rand der Wanne, und sieht ihn weiter an, mustert sein kantigeres Gesicht, die Halbglatze – Testosteron hat nicht nur Vorteile.

Marius lässt die Augen geschlossen, hört die Füße seiner Schwester ins Wasser gleiten, ins selbe Wasser – weiß, dass sie ihn nun mustert und die Indizien analysiert. Und er lässt es geschehen, denn vielleicht wird sie ihn akzeptieren, wenn sie erst sieht, wie stimmig alles ist oder zumindest wird. Er ist keineswegs dick, nur muskulöser ist er geworden. Der Schnurrbart, die Stoppeln und sein langes blondes, bloß wenig spärliches Haar geben ihm etwas Verwegenes, während der senfgelbe Anzug seinen markanten Zügen die nötige Exaltiertheit beifügt. Ohne diesen Zwirn wäre vielleicht eine etwas zu mythische, eine zu kriegerische Figur aus ihm geworden, doch Marie-Louise wird schon noch bemerken, wie gut er aussieht. Manch eine braucht schließlich länger als –

»Ivana lässt fragen, was ihr essen möchtet.« Sie hat die borstigen Haare an seinen Waden entdeckt, doch sie darf jetzt nicht wieder aufstehen. Es gelingt ihr erst im letzten Moment, den Ekel aus ihrem Gesicht zu bannen, erst als ihr Bruder die Augen öffnet und sich aufrichtet.

Unvermutet nah ist Marius nun dem Gesicht seiner Schwester. »Was steht denn zur Auswahl?«, fragt er.

»Im Grunde genommen nichts, Ivana hat nicht eingekauft. Sie benimmt sich immer seltsamer in letzter Zeit.«

Endlich sieht sie mir in die Augen, denkt Marius und ist mit einem Mal ruhig. Die noch immer schlanke Figur macht ihr sicher viel Arbeit, und das Make-up wirkt nur scheinbar flüchtig, dezent – Falten hat sie wirklich viele.

»Und deshalb steht auch alles zur Auswahl«, fährt Marie-Louise, plötzlich grinsend fort. »Alles, was sich bestellen lässt.«

»Es wird hierher geliefert?«

»Eigentlich nur Pizza, und besonders gut ist sie nicht.«

Marius weiß nicht, was er hierauf entgegnen soll, doch Marie-Louise hat sich ohnehin wieder abgewandt und starrt ins Wasser. »*I know a girl from a lonely street*«, singt der Galerist langsam. »*Cold as ice cream, but still as sweet/Dry your eyes, Sunday Girl.*«

Seine Schwester sieht auf die karmesinroten Nägel ihrer sich unter der Wasseroberfläche hebenden und senkenden Zehen. »*Hey, I saw your guy with a different girl*«, beginnt sie gerade dann zu singen, als Marius versteht, dass die Zehen den Takt angeben. »*Looks like he's in another world*«, singt Marie-Louise weiter, mit nun vollerer Stimme, und dreht sich zu ihrem Bruder um.

»*Run and hide, Sunday Girl*«, rufen die Zwillinge gemeinsam und stehen auf. Kurz überlegen sie, ob sie weitersingen sollen, doch sie entscheiden sich dagegen, denn man muss es nicht gleich übertreiben. Marie-Louise geht zu einer Kommode und holt ein kleines Handtuch, dann trocknen sie einander die Füße.

»Marius?«

»Ja?«

»Warst du noch einmal auf einem Blondie-Konzert?«

»Ich gehe fast immer hin, wenn sie in Europa spielen. Und du?«

»Es wäre nicht dasselbe …«

»Da fällt mir ein, ich glaube, ich soll dich sogar von Debbie grüßen. Sie fragt immer nach dir, wenn ich am Bühneneingang –«

»Debbie Harry erinnert sich an uns?«

»Wie könnte sie uns vergessen!« Marius beobachtet seine Schwester, die zurück in ihre sicher schmerzhaft hohen Schuhe schlüpft. »Sie ist alt geworden, aber wer nicht?« Er blickt in den Spiegel und richtet seine Krawatte.

Marie-Louise ist schon auf dem Weg zur Tür, als sie sich noch einmal umdreht. »Und sie erkennt dich auch so, wie du jetzt bist?«

Marius nickt, und zum ersten Mal an diesem Abend lächelt seine Schwester ihn an.

Als sie zurück zu den anderen gehen, hört er schon vom Flur aus, wie sich Olivia und David angeregt unterhalten. Er scheint nicht sonderlich vermisst worden zu sein.

»... und weißt du, die Flugzeuge, die in die Türme stürzen – that's my first memory. Von da an hat eine Krise die andere abgelöst, manchmal haben sie sich sogar überschnitten. Man hat uns in der Schule beigebracht, dass wir es einmal schlechter haben werden als unsere Eltern, dass wir flexibler sein müssen und uns auf nichts verlassen können.«

»Und warum, also warum ist dann niemand ... flexibler geworden? Warum denkt ihr, euch stünde alles zu?«

»Das denkt niemand. Das wird nur umso lauter gefordert, je unsicherer es wird«, sagt Olivia. »Schön, dass ihr wieder da seid.«

Marius legt seiner Freundin die Hand auf die Schulter. »Worüber sprecht ihr?«

»Hegel.« Sie dreht sich nicht nach ihm um. »Darüber, dass er vergessen hat zu sagen, dass die Geschichte sich als Tragödie ereignet, um sich später als Farce –«

Marie-Louise lacht auf. »Ich dulde in meinem Haus eigentlich keine Marxisten.«

»Olivia meinte, sie sei es leid, in der Farce zu leben.« David steckt sich eine Zigarette an. »Daraufhin meinte ich, dass ich die Farce der Tragödie vorzöge, weil ... weil ich die Tragödie nicht ertrage.«

»Ist es Tragödie, ist es Komödie?«, singt Ivana von ihrer Insel herüber.

Marius setzt sich. »Von welcher Tragödie sprecht ihr überhaupt? Geht es um den Kolonialismus?« Er bekommt allmählich auch Lust auf eine Zigarette.

»Die Tragödie ist, dass ... also dass wir uns nicht mehr auf sie einigen können.«

Olivia beachtet ihren Freund derweil noch immer nicht. »I mean ... Ich sage doch nur«, fährt sie fort, »dass es kaum etwas gibt, wofür es sich zu kämpfen lohnt – alles ist so kompliziert geworden. Und ja, manchmal beneide ich Menschen wie George Grosz, Primo Levi, Sophie Scholl …« Sie macht eine Pause, bis ihr weitere Personen einfallen, und spricht dann weiter, als hätte sie nie damit aufgehört: »Lee Miller, Joseph Roth oder Marlene Dietrich. Sie haben immerhin gegen das Böse gekämpft, jeder auf seine Art.«

Schon wieder *die* Dietrich. Marius blickt seine Freundin an. »Wer war denn Lee Miller?«, fragt er.

»War Supermodel vor Krieg.« Ivana stellt eine neue Flasche Champagner auf den Tisch. »Später sie war Fotografin für Amerikaner. Berühmt ist Foto von ihr in Hitlers Badewanne. Sie hat auch fotografiert befreites Dachau. Danach, sie konnte nicht mehr arbeiten.«

»Und ich verstehe eben nicht, warum man so jemanden beneidet«, sagt David.

Doch Ivana ist noch nicht fertig. »Joseph Roth totgesoffen, damit er nicht erlebt, wie Deutsche Paris einnehmen. Marlene Dietrich und George Grosz ganzes Leben unglücklich, Sophie Scholl wurde enthauptet und Primo Levi – in Auschwitz war er, ist später in Treppenschacht gestürzt. Sie sollten eigentlich wissen, zumindest das«, sagt sie streng und verschwindet wieder hinter ihrer Insel.

Marius nimmt seine Freundin bei der Hand, alle starren sie an.

»Sorry, das waren wohl die falschen Namen. Ich bin ein wenig durcheinander.«

»Ich glaube eher, dass es die richtigen, ganz richtige Namen waren«, sagt David besänftigend und trinkt einen großen Schluck. »Ich möchte nicht in der Tragödie leben, eben weil sie so blutig – die Tragödie war sehr blutig. Und von den Vergasten haben wir nicht einmal gesprochen.«

Die Hausherrin setzt sich. »Warum gehst du davon aus, dass die Farce weniger blutig verläuft?«

Nun starren alle Marie-Louise an.

»Es ist geschehen, und folglich kann es wieder geschehen. Das ist
doch von Levi, oder nicht?* Und ich weiß zwar nicht, ob mich die
gegenwärtige Situation bereits an die frühen 1930er-Jahre erin-
nert …« Marie-Louise zündet sich eine von Davids Zigaretten an.
»An die 1910er erinnert sie mich jedoch allemal.«
»Und was ist das neue Böse?«, fragt Marius seine Schwester.
»Was das Gute?«
»Das neue Böse ist das alte, Staaten, in denen Menschen in Un-
freiheit leben. Und natürlich der Antisemitismus, dort wie hier.«
»Und wo leben Menschen in Unfreiheit?«
»In China, im Iran, in Russland, in Nordkorea natürlich, aber
auch in Indonesien, in –«
»Ich merke schon, die Liste ist lang und sehr …« Marius macht
eine Pause und sieht nach der Decke, in das schwarze Fenster.
»… westlich«, beendet er schließlich seinen Satz.
»Und?«
»Ich frage mich, wie du angesichts unserer Geschichte die Welt
nach westlichen Kategorien, nach westlichen Werten in Gut und
Böse unterteilen kannst.« Marius lächelt und sieht gleichzeitig aus,
als würde ihn das Gespräch beginnen zu langweilen. »Es ist außerdem bezeichnend, dass offenbar niemand hier über Rassismus
sprechen möchte«, fährt er fort. »Der Holocaust war ein Verbrechen von Weißen an Weißen. Aber darüber habt ihr wahrscheinlich
nicht einmal nachgedacht.«
»Was sind denn westliche Werte?«, will David wissen und würde gern das mit den Deutschen, die an sich selbst leiden, zurück-
nehmen. Bei weitem schlimmer sind Deutsche, die nicht an sich
selbst leiden, denkt er. Sie werden dann zu Österreichern, oder, in
diesem Fall – nein. David nimmt noch einen großen Schluck. Jedenfalls sollte er sich bei seiner Freundin entschuldigen.
»Mein Bruder wohnt schon zu lange in Berlin«, sagt diese.
»Wie bitte?«

Marie-Louise reißt zwei weitere ihrer Tütchen auf und kippt den pulverförmigen Inhalt, ihr *Complex,* in ein Wasserglas. »Den Deutschen ist es doch egal, dass China die Uigurinnen sterilisiert und der Iran an einer Atombombe baut.« Sie trinkt das Glas aus, in einem Zug. »Solange man mit allen Geschäfte machen kann, ist es ihnen egal.«

Marius seufzt. »Ich mache keine Geschäfte mit Staaten.«

»Es geht ja auch nicht um dich – wobei. Ihr Kulturrelativisten, die ihr nicht mehr unterscheiden könnt zwischen richtig und falsch, die ihr universelle Werte als westlich verschreit, liefert den Verbrechern in der deutschen Regierung durchaus eine gewisse Legitimation.«

Marius lacht, ein wenig verächtlich. »Du bist die einzige, die schreit, und außerdem klingst du wie eine Verschwörungstheoretikerin.«

»Und? Weiter? War das jetzt dein Argument?«

»Mit der Wahrheit ist das so eine Sache. Jeder hat seine eigene.«

»Es gibt keine Wahrheit, aber ich habe Unrecht, weil ich in der Minderheit bin?«

»Ich weiß ehrlich gesagt nicht, was du von mir willst«, sagt Marius in einem gelangweilten Tonfall. »Es ist nicht alles so schwarz und weiß, wie du es gern hättest. China zum Beispiel ist sehr viel besser im Krisenmanagement als unsere Gesellschaften, das sieht man doch gerade, und im Iran ist Transsexualität schon seit Jahrzehnten gesellschaftlich akzeptiert. Wir können, zumindest in dieser Hinsicht, sehr viel lernen von –«

»Vielleicht … «, wirft David ein und nimmt einen weiteren großen Schluck. Etwas an der Beiläufigkeit, mit der Marius argumentiert, stört den Analytiker. »Vielleicht ist es wirklich nicht ausgemacht, dass die Farce weniger blutig verläuft«, pflichtet er seiner Freundin bei, denn die Beiläufigkeit soll suggerieren, dass Allgemeinplätze formuliert werden, dass sich eigentlich alle einig seien und es überhaupt keinen Konflikt gebe. Wahrscheinlich wird es diese Bei-, nein, diese Selbstverständlichkeit sein, die Marie-Louise um den Verstand bringt. »Die amerikanische Vormachtstellung«, spricht David weiter, »also diese Vormachtstellung, die ist sehr fragil und erinnert an das britische Empire von damals – das britische Empire war schließlich auch sehr fragil. Ich könnte mir vorstellen, dass autoritäre Staaten auf die Idee kommen könnten, sich gewisse Schwächen zunutze –«

»Auf die Idee kommen könnten?« Nun schreit Marie-Louise tatsächlich. »China kauft die halbe europäische Infrastruktur auf und die Russen haben die Krim annektiert. Tu bitte nicht so, als wüsstest du das nicht, David.«

»Sag du doch mal was, Ivana«, schlägt Olivia vor.

»Habt ihr schon vergessen, dass Putin Syrien in Schutt und Asche legen ließ?«, schreit die Hausherrin derweil weiter. »Und das sind nur die prominentesten Beispiele!« Mit dem Champagnersäbel sucht sie unter ihren karmesinroten Fingernägeln nach Dreck, was sie zu beruhigen scheint. »Uns wird all das sehr bald um die Ohren fliegen, und es ist fraglich, ob Leute wie mein Bruder zur Besinnung kommen, wenn es bereits zu spät ist, oder ob sie sich dann erst recht auf die falsche Seite schlagen.« Marie-Louise findet keinen Dreck unter ihren Nägeln. »Aber was soll's … «, spricht sie langsam, gar genüsslich weiter. »Was fällt, das soll man auch noch –«

»Wirklich jetzt, du kommst uns mit Schopenhauer? Das war doch ein Zitat von Schopenhauer?«, fragt David und und lallt dabei ein wenig. Aus seiner Hosentasche zieht er eine neue Schachtel Zigaretten.

»Ist von Nietzsche«, ruft Ivana in die Wüste. »*Zarathustra*, Teil Drei. Einzige Text, den kennt Madame von ihm.«

»Ach ja … « David steckt sich eine Zigarette an. »Und dabei dachte ich, Schopenhauer hätte eine alte Frau die Treppen hinuntergestoßen – wie auch immer … Du wirkst heute nicht sonderlich kohärent, Louise.«

»Es kann schließlich nicht jeder nur zu einem Freud beten.«

»Bis eben noch klangst du wie eine … wie eine arbeitslose Version von Condoleezza Rice. Weiß irgendjemand, was Condoleezza Rice mittlerweile macht? Vielleicht ist sie auch arbeitslos.«

»Wer ist –«

Doch die vorbeihuschende Zofe unterbricht das Küken. »Sie alle nicht kohärent, aber bei Madame ist Maske verrutscht.«

»Die verrutschende Maske«, kichert David. »Fängst du nun wieder mit der Commedia dell'Arte an, Ivana?«

»Verschon uns bitte damit.« Marie-Louise dreht sich nach ihrer Haushälterin um. »Dir sollte langsam aufgehen, dass reale Menschen sich mit diesen Typen nicht treffend beschreiben lassen, und dass diese Gleichung –«

»Aber Madame! Werde Sie verschonen, sobald Sie sich wieder benehmen wie Mensch. Gerade Sie alle klingen wie Bots, von Twitter. Eigentlich, man sollte ausgehen davon, dass durch Gespräch Sie werden schlauer, aber ich glaube, Sie an einander werden dumm. Ich mir nämlich nicht vorstellen kann, dass Sie, wenn Sie allein –«

»Worüber redet ihr überhaupt?« Marius hat schon mehrfach versucht, einzuhaken. »Ich jedenfalls finde diesen positiven Amerika-Bezug problematisch«, sagt er. »Angesichts dessen, was da drüben los ist, kann man sich doch freuen, dass die Vereinigten Staaten an Einfluss verlieren. Meine Kolleginnen in New York begrüßen diese Entwicklung … Ich meine, der Faschist ist endlich abgewählt, aber auch die Demokraten haben die Welt in den letzten Jahrzehnten mit schrecklichen Kriegen überzogen.«

»Und warum sprichst du von der deutschen Regierung als Verbrecher?«, springt Olivia ihm endlich bei. »Die deutsche Regierung hat weder Aleppo bombardiert noch Uigurinnen sterilisiert.«

»Appeasement ist auch ein Verbrechen«, schreit Marie-Louise. »Bringt man euch in England nicht mehr bei, wer Neville Chamberlain war?«

Der betrunkene Analytiker greift nach ihrer Schulter. »Chamberlain, der war immerhin ein Gentleman, was man von dir heute nicht behaupten –«

Jetzt fährt auch Marius auf. »Ach, darum geht es!«, herrscht er seine Schwester an. »Du willst die deutsche Schuld loswerden, ja? Du bist nach Österreich gegangen, um wahnsinnig zu werden.«

»Ja, natürlich! Warum auch sonst?«

»Der Wiener Wahnsinn ist verträglicher als der Berliner Wahnsinn. Das ist wissenschaftlich erwiesen«, lallt David weiter. »Und der Mensch is' gut, aber die Leut' san a G'sindel!«

Marie-Louise schreit derweil weiter auf ihren Bruder ein: »Du folgerst doch aus der deutschen Schuld, man müsse Despoten in aller Welt finanzieren. Du bist es doch, die, äh, der –«

Marius hört nicht mehr hin. Auf der Stirn seiner Schwester pulsiert eine hässliche rote Ader wie ein Mal – ob er wohl auch gezeichnet ist? Mit Blicken fragt er den besoffenen Psychoanalytiker nach einer Zigarette, doch der scheint völlig abwesend. Marius nimmt sich dennoch eine, seit einem Jahr hat er nicht mehr geraucht.

Weil er seine Schwester so selten zu Gesicht bekommt, ist es für ihn immer ein Schock, sie zu sehen. Es ist immer ein Schock, in das eigene Gesicht zu sehen, wenn man sich dieser Erfahrung erst entwöhnt hat. Doch nun, da er verändert kommt, ist das Aufeinandertreffen ungleich seltsamer. So würde er als Frau aussehen, denkt Marius. Wahrscheinlich hatte er bis vor zwei Jahren sogar ziemlich genauso ausgesehen. So hatte er ausgesehen, als Olivia sich in ihn verliebte, durchfährt es in ihn mit einem Mal, doch wagt er es nicht, zu seiner Freundin zu schauen. Mit zittrigen Fingern zündet er sich die Zigarette an und sagt sich, dass nicht einmal Zwillinge einander gleichen, zumal, wenn sie derart unterschiedliche Leben führen.

Hier gleiche endlich kein Gesicht mehr dem anderen, hatte Olivia gerufen, als sie im 15. Jahrhundert angelangt waren. Letzten Herbst waren sie gemeinsam durch die Säle der Uffizien gelaufen, und anders als Marius hatten sie die Neuerungen der Frührenaissance verzückt. Im Gegensatz zu ihm war sie das erste Mal in Florenz, und anders als er hatte sie kein einziges Semester Kunstgeschichte studiert. Endlich lerne man malen, hatte sie gerufen, als die Gemälde mit Goldgrund verschwanden und die Gesichter begannen, individuellere Züge anzunehmen. Olivia ließ sich nicht einmal von den aggressiven Touristen stören oder von den Körpergerüchen im Botticellisaal.

Nun gut, dann erkläre ich meiner jungen Freundin den Kanon, hatte Marius gedacht, und ihr von der Entstehung des florentinischen Bürgertums erzählt, von der Auflösung des kirchlichen Monopols und von den ersten Künstlern, die mehr sein wollten als Handwerker, von den ersten Gemälden, die allein durch ihre Technik höhere Preise erzielten als jene vergoldeten – jene ikonischen Tafeln, die Marius sich bei diesem Besuch gern genauer angesehen hätte, und an denen Olivia so schnell vorbeigelaufen war.

Die Geschichte der abendländischen Kunst sei eine Geschichte des Geldes, schloss er seine Erzählung, als sie vor einem Bronzino stehenblieb, auf dem eine Mutter zu sehen war, die ein so weites Brokatkleid trägt, dass ihr Kind fast dahinter verschwindet. Selbst erstaunt darüber, wie gut er sich der Ursprünge der italienischen Malerei entsann, und gerührt von den vielen interessierten Nachfragen, die seine Freundin ihm stellte, lächelte Marius Olivia an, und zum ersten Mal seit Monaten lächelte sie zurück, ohne dass er dabei eine Lüge in ihren Augen erahnen musste.

Sie hatten sich fast vier Stunden über Kunst unterhalten, das war als Erfolg zu verbuchen, dachte Marius, als sie wieder auf die Straße traten und er sich eine Zigarette ansteckte. Er fühlte sich eigentümlich verjüngt – sei es, weil Olivia ihn mit ihrem Entzücken infiziert hatte, sei es, weil er so mühelos auf das Wissen zurückgreifen konnte, das er sich in jungen Jahren angeeignet und das er bis eben verloren geglaubt hatte. Sie liefen vorbei an Dante und Da Vinci, steuerten auf die Piazza della Signoria, und die Touristen begannen Marius erst wieder zu stören – ja, er begann sie erst wieder wahrzunehmen, als die Musik erklang.

Now, I've heard there was a secret chord
That David played and it pleased the Lord
But you don't really care for music, do you?

Ein künstlich verwahrloster Gitarrist mit Schlapphut stand vor den Arkaden. Direkt unterhalb von Cellinis Perseus, gerade unter dem abgeschlagenen Haupt der Medusa, sang er eines der, wie Marius fand, schlechtesten Lieder der Welt. Die Massen bildeten binnen Sekunden eine Traube um den Musiker und begannen, andächtig gegen den Takt zu schunkeln. Vielleicht ist es sogar *das* schlechteste Lied der Welt, dachte Marius und schnippte seine Zigarette weg.

It goes like this: the fourth, the fifth
The minor fall, the major lift
The baffled king composing Hallelujah

Olivia lachte laut auf, fragte ihn, was sie als nächstes machen würden, und mit einem Mal war Marius wieder alt und antriebslos. Beim Anblick des schmierigen Gitarristen und der sich wiegenden Touristen erinnerte er sich, weshalb sie überhaupt hier waren. Er hatte Olivia die Reise zum Geburtstag geschenkt, weil er dachte, Florenz könnte sie zu einer neuen Eigenständigkeit inspirieren; vielleicht würde sie sich ihres Studiums entsinnen oder an sonst irgendeiner Ambition. Marius gab ihr zu verstehen, dass er müde sei, und –

Gut, dann gehen wir jetzt etwas essen, sagte Olivia so schnell, dass Marius seinen Satz nicht beenden konnte, einen Satz, der auf dem schönen Wort *Hotel* geendet hätte. Doch weil Olivia ihn heute bereits das zweite Mal ohne lügende Augen anlächelte, vergaß er das schöne Wort sogleich wieder, und selbst das beknackte Lied belustigte ihn plötzlich mehr, als dass es ihn anwiderte. Olivia nahm ihn an der Hand, und unverhofft war auch er einundzwanzig Jahre alt. Mit einem Mal war auch er erstmals in der pittoresken und aufregenden Stadt.

Die Oktobersonne ließ die alten, für gewöhnlich erdfarbenen Gebäude in leuchtendem Orange, in sattem Gelb und in frischem Apricot erstrahlen, während Marius seiner jungen Freundin von den Medici, von Donatello und von den vielen schönen Türmen erzählte, die das Stadtbild früher prägten und in deren phallischer Dominanz er in anderer Stimmung weit weniger Charme vermutet hätte. Marius zeigte auf Giebel und Dächer, auf Portale, Säulen und Brunnen. *Wir wollten etwas essen gehen,* sagte Olivia, als sie vorm Baptisterium standen und er versuchte, ihr unter Beihilfe seines Telefons Ghibertis Paradiespforte zu entschlüsseln. Alles konnte er sich schließlich nicht merken. *Wir wollten etwas essen gehen,* sagte Olivia noch einmal, und als Marius sich umdrehte und seine schöne Freundin vor der Domfassade erblickte, fand er in ihrem Ausdruck eine gewisse Ungeduld und Ruhelosigkeit, doch ihre Augen lächelten weiter – und logen noch immer nicht.

Ja, entschuldige! Lass uns etwas essen gehen, sagte er und küsste sie auf den Mund.

Marius war ein wenig benommen von dem langen Umherlaufen, dem zweiten Glas Lugana, und versuchte, in einer einzigen Bewegung mit einem Stück Brot die verbliebenen Spuren der Gorgonzolasoße aufzuwischen, als sich der Ausdruck in Olivias Augen veränderte. Nicht, dass sie nun weniger ehrlich dreinblickten, doch war eine neue Ernsthaftigkeit, vielleicht auch nur ein Grübeln hinzugekommen.

Sie wollte wissen, was genau das Zeug – sie sagte wirklich *Zeug* –, das er in seiner Galerie verkaufe, mit alldem zu tun habe, für das er sich heute so sehr begeistern konnte. *Gibt es irgendeine Verbindung zwischen dem, was du ausstellst und den Ursprüngen der abendländischen Kunst, abgesehen vom Geld, das sich damit verdienen lässt?*, fragte sie. Wenn ja, würde sie die Erklärung interessieren. Olivia hatte ihre Carbonara längst aufgegessen und stocherte nun mit einem Strohhalm in der Zitronenscheibe, unten in ihrem leeren Glas, im Eiswasser herum – versuchte sie auszupressen.

Marius brauchte einen Moment, um sich zu sammeln, dann bestellte er einen Espresso und brachte an, dass er selbst immer weniger westliche Kunst ausstelle, weil es eine historische Schuld gebe und ihn außerdem – ja, heute hatte es nicht so gewirkt – die westliche Kunst auf Dauer langweile. Er kenne sie einfach zu gut. Marius erzählte von der Schuld und von einem eindimensionalen Kunstverständnis, er sprach von patriarchaler und rassistischer Gewalt, von Ausbeutung und Christentum, von neuen Chancen für neue Menschen – von kollektiver Intelligenz, von Natur, Sanftheit und Wut. Doch seine junge Freundin starrte immer weiter, immer ausdrucksloser und so konsequent desinteressiert in ihr leeres Glas, in die Zitrone, dass seine Worte ihm selbst bald begannen wie säuerliches Eiswasser zu schmecken. Es wurde immer schwieriger, sie hochzuwürgen und aus seinem Mund zu pressen.

Komm, wir gehen ein wenig spazieren, sagte Olivia schließlich und lächelte ihn an – die Lüge war zurückgekehrt. Marius zahlte, stand auf und schlug vor, sich den Sonnenuntergang von der Piazzale Michelangelo aus anzusehen; am Himmel war keine einzige Wolke, und vielleicht würde der malerische Anblick Olivia wieder gnädiger stimmen.

Noch während sie den Hügel hinaufgingen, drang das schlechte Lied zu ihnen hinunter.

Your faith was strong but you needed proof
You saw her bathing on the roof
Her beauty and the moonlight overthrew her

Olivia lachte erneut auf, dann lief sie vor und hüpfte für den Rest
des Anstiegs rückwärts vor seiner Nase herum – erblödete sich tatsächlich, mitzusingen, derweil Marius, gedemütigt und außer Atem,
beschloss, das Rauchen endlich aufzugeben.

She tied you to a kitchen chair
She broke your throne, and she cut your hair
And from your lips she drew the Hallelujah

Oben angelangt musste er feststellen, dass hier ein anderer Musiker
sang; dieser war kleiner und trug keinen Hut. Die Menschentraube
jedoch, die sich um ihn versammelt hatte, war fast ebenso groß und
mindestens ebenso andächtig.

Schau, da drüben waren wir heute, rief Olivia, zeigte auf die Uffizien, und während die Lichter der Stadt erstrahlten, die unterge-
hende Sonne den Arno rot einfärbte und die rührseligen Touristen
einander vor dem Panorama fotografierten, wurde Marius gewahr,
dass er Olivia die Reise mitnichten geschenkt hatte, weil er sich
wünschte, Florenz würde sie zu einer neuen Eigenständigkeit inspirieren. Er hatte ihr die Reise geschenkt, weil er der Trostlosigkeit
ihres gemeinsamen Alltags entfliehen wollte, und weil er sich davon erhoffte, dass Olivia ihn hier wieder begehrte.

Später würden sie ein Taxi zurück zum Four Seasons nehmen,
zu ihrer völlig übert. Suite, die er Olivia zuliebe gebucht hatte, und Marius würde sich sorgfältig rasieren, die Binde von seinen
Brüsten nehmen und versuchen, mit ihr zu schlafen. Er würde sich
so weiblich wie möglich geben, damit sie sich fügte, und die Demütigung, die er dabei empfände, würde ihn immer weiter erregen.

Wahrscheinlich würde Olivia behaupten, sie sei müde, sie hätte Kopfschmerzen oder, und das kam in letzter Zeit immer häufiger vor, sie würde rundheraus sagen, sie hätte keine Lust. Er würde daraufhin ins Bad gehen und in dem Bewusstsein masturbieren, dass er – kaum, nein fast der Mann, der er doch immer schon war – ein verfluchtes Klischee darstellte. Marius hielt eine junge Frau aus, die ihn nicht begehrte, die ihn immer öfter verachtete, und er würde nie die Stärke finden, sich von ihr –

»Monsieur, ich rede mit dir«, fährt Marie-Louise ihn an. Der Galerist blickt auf das gelblichweiße Haar, Davids Kopf, der vor ihm zwischen den Gläsern liegt. Dann sieht er aus dem Augenwinkel Ivana an sich vorbeihuschen, doch es ist nur eine ihrer Spiegelungen. Seltsam, denkt er bei sich: Ivana ist immer da und immer fort – beneidenswert eigentlich. Marius' Blick sucht im Raum nach ihr, er findet sie nicht.

»Hallo, ich rede mit dir!«

»Nein, liebe Schwester, du schreist mit mir«, sagt er eigentümlich ruhig und drückt seine Zigarette aus. »Hast du noch andere Themen auf Lager oder beschränkst du dich neuerdings auf die Außenpolitik?«

Kurz sieht es so aus, als würde seine Frage Marie-Louise provozieren, doch dann fängt sie sich. »Stimmt ...«, sagt sie langsam. »Was ist aus dem guten alten Smalltalk geworden?«

»Normalerweise ist Marius ein Smalltalkmeister«, versetzt Olivia mit einem ihm geltenden Kopfnicken, und er kann nicht einschätzen, ob dieser Kommentar zärtlich oder höhnisch gemeint ist. Vielleicht will sie ihn bloß daran erinnern, wie selbstsicher er in seiner gewohnten Umgebung ist. Seine Schwester hat schließlich die fixe Idee, dass er der Schwache von ihnen beiden ist, und sie drückt diese Vorstellung jedem mit einer derartigen Penetranz auf die Brust, dass Marius kaum dagegen ankommen kann, dass

Marius diesem Wahn manchmal selbst Glauben schenkt. Er würde sie gern einmal sehen, wie sie sich in Berlin behauptet, auf einer seiner Ausstellungseröffnungen zum Beispiel – doch weiß er auch, dass seine Schwester nie dort hinkommen wird. Allmählich fragt er sich, ob er sie überhaupt noch einmal an einem anderen Ort als an diesem verfluchten Tisch zu Gesicht bekommt.

»Wohnst du noch in Prenzlauer Berg?«, fragt sie.

»Wir haben eine nette Wohnung in Mitte gefunden, von der aus hat man einen schönen Ausblick auf –«

»It's more like a loft«, murmelt Olivia und zieht ihr Telefon hervor. »Wir leben auf dreihundert Quadratmetern.« Aus dem Augenwinkel sieht Marius das Schachbrett auf dem Bildschirm erleuchten.

»Ach, ihr wohnt schon zusammen?«

»Ja, das ist praktischer.« Marius greift ebenfalls nach seinem Telefon. »Willst du Fotos sehen? Es ist sehr gemütlich geworden. Ich habe eine Innenarchitektin gefunden, die ausschließlich mit Birke arbeitet.«

Doch seine Schwester übergeht die Frage und richtet sich an seine Freundin. »Na, was gibt es so Spannendes im Internet?«

Olivia verdreht die Augen, sieht weiter auf ihr Telefon, und außerdem ist Ivana plötzlich da; sie legt ihrem Herrn Hofer eine Decke über die schlaffen Schultern. »Ist besser für Träume.«

»Junge Dame«, versetzt Marie-Louise. »Es ist nicht besonders höflich, bei Tisch in einem Endgerät zu versinken.«

Marius stöhnt. »Jetzt fang bitte nicht wieder an, uns mit deinen Plattitüden über junge Menschen zu belästigen.«

»Entschuldigung.« Olivia legt ihr Telefon auf den Tisch. »Aber ich verstehe nicht, warum hier alle so tun, als würden wir noch im 20. Jahrhundert leben.«

»Das 19. wäre mir –«

»Ja, Louise, das wissen wir.«

»Vielleicht ist das auch so ein Grund für die gesellschaftliche Spaltung«, sinnt die Hausherrin weiter. »Ich meine nicht einmal die tendenziösen Algorithmen oder die Filterblasen, sondern vielmehr den Umstand, dass die Aufmerksamkeitsspanne sinkt und niemand mehr bereit ist, den Anderen länger als zwei Sekunden anzuhören.«

»Ich glaube, liebe Schwester, nur du hast heute niemanden länger als zwei Sekunden *angehört*.«

»Madame immer guckt Videos.«

Marius fährt zusammen. Er hat nicht bemerkt, dass Ivana hinter ihm steht.

»Videos werden immer kürzer und Madame guckt immer länger«, fährt sie fort. »Gestern, ich habe beobachtet, wie sie vier Stunden schaut Aufnahmen, von Yum-Yum in Möbel.«

»Danke Ivana, es reicht.«

Marius lacht. »Was für Videos siehst du dir an?«

»Ich glaube, ich weiß, worum es geht«, sagt Olivia. »Es gibt da so einen Trend, Instant Noodles als Füllmasse zu nutzen, also zum Beispiel, ein Loch in der Badewanne mit ihnen zu stopfen und dann alles zuzukleben und zu lackieren – am Schluss sieht die Badewanne aus wie neu, aber innen drin ist alles voller Nudeln.«

»Und so etwas schauen sich die Leute – so etwas siehst du dir an?«

Nun lacht auch Olivia. »Viele Menschen sehen sich so etwas an.«

Marie-Louise nimmt sich, ohne aufzublicken, eine von Davids Zigaretten. »Sei so gut und bring uns eine Flasche von dem Sancerre, Ivana. Ich kann keinen Champagner mehr sehen.«

Nun greift Olivia doch wieder nach ihrem Telefon. »Schach«, sagt sie schließlich.

Marius fährt auf. »Wie hast du das jetzt gemacht?«

»Du spielst Schach?«

»Wir spielen gegeneinander«, antwortet Olivia. »Letztes Jahr waren wir in Florenz, da stand ein Schachbrett in der Hotellobby ... Und seitdem können wir nicht mehr aufhören. Wir spielen eigentlich immer – entschuldige, ich musste ein Problem lösen. Aber ich glaube, ich gewinne eh. Ich kann mein *Endgerät* jetzt wieder einstecken.«

»Zeig mal her«, sagt Marius und greift nach dem Telefon. Tatsächlich spielen sie ständig, seitdem Olivia ihn nicht mehr anrührt. Oft spielen sie stundenlang nebeneinander im Bett oder sie spielen eine Partie, so wie jetzt, über Tage aneinander vorbei. Und vielleicht hätte Marius es schon geschafft, sie zu verlassen, wenn er doch bloß nicht ein so schlechter Verlierer wäre.

»Take a look at your own cellphone«, murmelt Olivia und reißt ihm ihr Telefon wieder aus der Hand.

»Welch Zufall, ich wollte morgen zum Damenschach!«

»Damenschach?«

»So nennt sich der Club. Eine alte Freundin von mir organisiert alle zwei Wochen Treffen, um Frauen diesen Männersport näherzubringen. Sie sagt, sie wolle das geschundene weibliche Selbstbewusstsein aufbauen.« Marie-Louise grinst. »Und ich dachte, ich sehe mir das einmal an. Ich habe in den letzten Jahren auch nur noch online –«

»So hätte ich dich nicht eingeschätzt«, versetzt eine sichtlich verblüffte Olivia.

»Wieso hättest du sie nicht so eingeschätzt?«

»Wieso hättest du mich nicht so eingeschätzt?«

»Ich hätte gedacht –« Olivia sucht nach den richtigen Worten. »Ich hätte gedacht«, sagt sie noch einmal, doch langsamer, »dass du jede Form von Ungerechtigkeit entweder leugnest oder zumindest ... Na ja, kein Problem mit ihr hast.«

»Stimmt«, sagt Marius. »Meine Schwester hat andere Frauen immer verachtet.«

»So meine ich das nicht«, spricht Olivia weiter. »Aber als es noch um Politik ging, da hast du über den Universalismus gesprochen.«

»Und Nietzsche«, ruft Ivana herüber.

Marius kratzt sich am Hals. »Worauf willst du hinaus, Olivia?«

»Ich weiß nicht …«, sagt sie leichthin und lässt ihre Stimme mehr schwingen als sonst. »Ich hätte Marie-Louise so eingeschätzt, dass sie ein Problem mit einem Schachclub hätte, der nur Frauen aufnimmt.«

Marie-Louise lächelt.

»Ich dachte, du wärst eine altmodische Liberale«, schiebt Olivia etwas angriffslustiger hinterher, und Marius, der nach dem Deckenfenster sieht, kann sich gut vorstellen, wie sie seine Schwester dabei anschaut – er kennt diesen Tonfall.

»Deine junge Freundin gefällt mir allmählich.«

»Dir gefällt jeder, der deinem Geschwafel zuhört und ihm eine Bedeutung beimisst«, sagt Marius. »Aber Olivia wird schon noch verstehen, dass du aus Prinzip das Gegenteil dessen sagst, worauf sich vernünftige Menschen einigen können.«

»Jetzt ist also die Vernunft eine Kategorie für dich? Ist dir die Vernunft nicht zu *westlich*?«

»Ich habe nie –«

Doch Marie-Louise unterbricht ihren Bruder: »Und selbst die Kritik an der Vernunft, an der *reinen* Vernunft …« Ihre Stimme klettert immer weiter empor; sie spreizt die Finger beider Hände, breitet diese in einer Geste auseinander, die ein gekünsteltes Erschrecken suggerieren soll, und lässt sie dann vor ihren offenen Mund schnellen. »… ist dir die nicht auch zu *westlich*?«, beendet sie ihre Frage, die eigentlich keine ist. Und weil vielleicht auch Marie-Louise plötzlich bemerkt, wie lächerlich das aussehen muss, zeigt sie mit ihrem dürren Zeigefinger auf die junge Frau. »Immerhin versucht Olivia noch, etwas zu verstehen von der Welt, in der wir leben. Sie macht einen geistig flexibleren Eindruck als gewisse andere –«

»And here we go again«, sagt Olivia. »Ich bevorzuge es, in der zweiten Person angesprochen zu werden.

»Ich habe dich nicht angesprochen, Chérie.«

»Hast du keine Instantnudeln in irgendwelche Löcher zu stopfen?«, fragt Marius seine Schwester.

Endlich ist Ivana mit dem Sancerre zurückgekehrt. »Madame nicht mag zweite Person«, erläutert sie. »Und hier, es fehlen Innamorati.«

»Was sind –«

»Also zurück zum Damenschach«, sagt Marie-Louise und nimmt sich ein Glas vom Tablett. »Tatsächlich sind mir Gruppen zuwider, die ihre Mitglieder nach äußerlichen Merkmalen, in diesem Fall nach dem Geschlecht aussuchen. Das hast du ganz recht eingeschätzt, Olivia.«

Woher hast du das gewusst, will Marius fragen, aber er hält sich lieber zurück. Noch einmal will er sich heute nicht als dumm bezeichnen lassen.

»Und trotzdem gehst du zum Damenschach«, fährt seine Freundin fort. »Versteckt sich hinter deiner Maske eine Feministin? Nun sag, wie hast du's mit der Emanzipation?«

Die Zwillinge lachen laut auf, aber während Marie-Louise bald wieder verstummt, lacht Marius ungehemmt weiter, ja er steigert sein Lachen sogar. »Meine Schwester eine Feministin!«, brüllt er schließlich. »In meinem kleinen Finger steckt mehr *Emanzipation* als in diesem Prada-Kostüm.«

»Das ist Saint Laurent«, versetzt Marie-Louise kühl. »Natürlich hat er es noch selbst entworfen – die neuen Sachen sehen schrecklich aus. Und ich glaube nicht, dass in deinen Wurstfingern irgendetwas anderes als Prahlerei, Gier und Niedertracht steckt.«

Nun schweigt Marius, und Marie-Louise sieht, dass Olivia sich nur mit Mühe ein Lachen verkneifen kann.

»Es gibt ja Spieler, beziehungsweise Spielerinnen«, sagt die junge Frau schließlich, »die sich ihre Dame bis zum Schluss aufheben. Andere ziehen sie sofort … Wie ist es bei dir, Mary-Lou?«

»Rate mal«, sagt die Hausherrin kokett, und Marius ist sich nicht sicher, ob seine Schwester Olivia zuzwinkert – oder ob sie bloß blinzeln muss.

»Inwiefern verstehst du dich als Feministin?«, fragt er, um dem Flirt ein Ende zu machen.

»Heutzutage hat man immer größere Schwierigkeiten, zu definieren, was eine Frau ist. Bei Männern tut man sich komischerweise nicht so schwer …« Marie-Louise macht eine Handbewegung, als präsentiere sie ihren Bruder einem Publikum. »Und gleichzeitig ist man nicht mehr bereit, für die Rechte von Frauen in der Dritten Welt zu kämpfen. Ich hingegen habe ein Problem mit Kinderehen, Zwangsverschleierungen und Beschneidungen. Genügt dir das als Feminismus?«

»Dritte Welt«, stöhnt Marius. Allmählich beschleicht ihn das Gefühl, seine Schwester wolle einen Exorzismus an ihm veranstalten und irgendetwas aus ihm herauskitzeln. »Es gibt nur eine Welt«, versetzt er so ruhig wie möglich und richtet seine Krawatte.

»Ja, auch hierzulande bin ich gegen Kinderehen, Zwangsverschleierungen und Beschneidungen.«

Marius leert sein Weinglas. »Natürlich muss sich dein Hass wieder gegen andere Kulturen richten«, sagt er nach einer Weile.

Olivia grinst. »Are you still listening to yourself?«, will sie von ihrem Freund nun wissen, während ein Fuß über die Innenseite ihres Oberschenkels streicht. Die junge Frau greift nach dem Fuß, doch anstatt ihn von sich zu stoßen, nimmt sie ihn in die Hand und drückt ihn – fährt sodann über seine pedikürten Nägel und zwickt in seine Zehen.

Olivia mustert Marie-Louise; sie ist schön, so wie sie dort sitzt. Ihre schmalen Finger liebkosen den Stiel ihres Weinglases, beiläufig, so als würden sie selbst nichts von dieser Zärtlichkeit wissen, und der immer wieder nach der Decke, nach dem Deckenfenster schweifende Blick gibt ihr zuweilen den Ausdruck einer Madonna. In diesen Momenten sieht man ihr die fünfzig Jahre nicht an, denn die Entrückung verjüngt die Hausherrin. Marie-Louises strenge, längliche Züge, die helle Haut und die blauen Augen werden durch das schon wieder wirre Haar angenehm kontrastiert, und ihre Haltung ist trotz der Verrenkung unter dem Tisch tadellos, gerade so als hätte sie ein Leben lang getanzt.

Der Psychoanalytiker zuckt derweil, wacht aber nicht auf, sondern murmelt etwas vor sich hin und grunzt. Offenbar hilft Ivanas Decke tatsächlich beim Träumen.

»Und was hat die Beschneidung von Frauen mit deinem Emanzenverein zu tun?«, fragt Olivia weiter.

»Wie sprichst du denn plötzlich?«

Aber Marie-Louise übergeht ihren Bruder ein weiteres Mal. »Nichts«, antwortet sie der jungen Engländerin genüsslich. »Doch dieser Tage erfreue ich mich der Gegenwart von Personen, die ein Bewusstsein haben für … gewisse Entwicklungen. Warum also nicht Hedwig Dohm lesen oder die Bovenschen? Es soll schließlich nicht nur Frauen geben, die sich Vergewaltigungen ausdenken, weil sie vor dreißig Jahren einem Produzenten zugezwinkert haben und nun keine Rollenangebote mehr bekommen.«

»Ich jetzt bestelle Pizza«, erschallt es von der Insel. »Was Sie wollen?«

»Quattro Formaggi«, ruft Olivia in Sekundenschnelle. Anscheinend ist sie noch immer hungrig.

Marie-Louise schreit auf und zieht ihren Fuß zurück.

»Was ist? Hast du nun auch etwas gegen Käsepizza?«, spöttelt ihr Bruder. »Ist dir die Vermischung unterschiedlicher Käsesorten zu integrativ?«

»Mir ist … « Sie stöhnt und atmet immer schneller. »Mir wird … immer wärmer – ah!«

Der graue Rock schnellt hervor. »Hitzewallung«, sagt Ivana und legt ihrer Madame ein kaltes Tuch in den Nacken. »Ist ganz normal in Wechseljahr. Ich hatte auch schon.«

Wutentbrannt schleudert Marie-Louise das Tuch fort und stützt sich mit ihren Fäusten auf die Tischplatte. »Niemand ...«, stöhnt sie. »Niemand bekommt an seinem fünfzigsten Geburtstag seine, ihre –« Sie hyperventiliert. »... die erste Hitzewallung.«

»Niemand außer dir.« Marius lacht.

»Das kommt sicher nur von dem *Complex*.« Marie-Louise stöhnt weiter.

»Auch ich musste da schon durch, das geht wieder vor ...«

»Was?«

»Wenn man sich Testosteron injiziert, ist das unvermeidlich.«

»Kann niemand diesen Freak zum Schweigen bringen?«

»Halt endlich dein Maul, du verfluchte Schlampe!«, schreit Marius. Der Exorzismus scheint endlich seine Wirkung zu entfalten. Nun springt auch er auf, die Zwillinge stehen einander gegenüber, während Olivia den letzten Rest des Gruyères vertilgt. »Seitdem ich angekommen bin, geht es die ganze Zeit nur um meinen Körper«, schreit Marius weiter.

Ivana lacht. »Gerade, es geht mehr um Körper von Madame.«

Doch dieses Mal hat die Zofe die Situation falsch eingeschätzt. Marie-Louise dreht sich in einer einzigen wirbelnden Bewegung um und schlägt ihr mit der flachen Hand ins Gesicht.

»Das ist mir ein schöner Feminismus«, sagt Marius ein wenig zu schnell in die darauffolgende Stille hinein; die Ohrfeige scheint ihn nicht sonderlich schockiert zu haben.

Olivia aber steht auf und sieht nach der am Boden liegenden Ivana, die sich wimmernd ihre Wange hält. Warum nur ist David durch das Klatschen nicht aufgewacht?

»Einen männlichen Dienstboten, der sich so aufführt, hätte ich ebenso gezüchtigt«, sagt Marie-Louise und tupft sich mit einer der frischgestärkten Servietten im Nacken herum. Es scheint ihr besser zu gehen. »Mich als Schlampe zu verfluchen, ist auch nicht besonders fortschrittlich, oder?«

»Wow«, murmelt Olivia kopfschüttelnd, während sie Ivana zurück auf die Füße hilft. »Ihr seid wirklich bigott.« Die Hausherrin dreht sich nicht nach ihr um. »Hast du wieder ein neues Wort gelernt?«, fragt sie die junge Frau, stiert jedoch weiter in Richtung ihres Bruders und greift nach dem Säbel.

Olivia will gerade etwas entgegnen, als sie das Sabriermesser aufblitzen sieht, und plötzlich muss auch sie an den Besuch in den Uffizien denken. Damals war sie vor einem Bild stehengeblieben, auf dem zwei Frauen einem Mann in äußerster Konzentration die Kehle durchschneiden. Eine der Frauen hält den Mann fest, während die andere, Judith wahrscheinlich, seinen Kopf von seinem Hals trennt; das Blut spritzt über das Laken, doch die Blicke beider Frauen sind von einer verklärten Heiligkeit, eine Heiligkeit, die Olivia verstörte. Ihr fällt ein, wie verwundert sie war, plötzlich ein Bild von einer Künstlerin zwischen all den Gemälden von Männern zu sehen, und sie weiß noch, dass Marius den Stil, das Spiel aus Licht und Schatten mit Caravaggio in Verbindung brachte – doch kann Olivia sich nicht mehr an den Namen der Malerin erinnern. Und jetzt fällt ihr ein, dass sie damals jede Menge Fragen zu dem Bild hatte, Marius sie aber weiterzog und offensichtlich lieber über einen Rembrandt sprechen wollte. Olivia sieht den Säbel, sieht Davids Kopf auf dem Tisch liegen, sieht die Konzentration in den Blicken der Zwillinge, die gleich zweier blonder Krieger, zweier Gottheiten gar, in eine andere Welt zu entgleiten scheinen.

Marius greift nach einem der Flaschenhälse. »Willst du spielen, Schwesterherz?« Er lacht in einem eigenartig kehligen Tonfall, zerschlägt den Boden der Flasche auf dem Tisch, springt in einem Satz auf ebendiesen und fuchtelt mit der abgebrochenen

Champagnerflasche vor Marie-Louise herum, während David durch das Klirren der Flasche, aber auch durch die Gläser, die unter Marius' Cowboystiefeln zerbersten, endlich aufwacht. »Grüß Gott, mein Gott. Was ist – was, was?«, stammelt er benommen.

Marie-Louise sticht mit dem Säbel nach ihrem Bruder, doch dieser weicht in einer kreisenden Bewegung aus und zertrümmert mit seinen Stiefeln weitere Gläser – zum Glück hat David seinen Kopf aufgerichtet; da er sogleich mit beiden Händen an ihn fasst, sieht es für Olivia aus, als würden die Hände und nicht sein Hals ihn in der Luft halten.

»Nun sag, wie hast du's mit der Emanzipation«, lacht Marius auf und hechtet in einem weiteren Satz vom Tisch und seiner Schwester nach, während Marie-Louise sich zunächst hinterm Flügel verschanzt, um sodann die Tageslichtlampe nach ihm zu werfen. Und während die Zwillinge durch die vollgestellte Burg rennen und einander bald mit Vasen und Skulpturen verfehlen, bald antike Musikinstrumente von den Wänden reißen, um sie als Schutzschilde zu verwenden, ja, während die Choreographie des Kampfes sich immer weiter steigert, und Marie-Louise ihrem Bruder einen Schürhaken zuwirft, sich selbst einen weiteren aus der Halterung klaubt und »en garde« ruft – währenddessen haben sich Ivana, David und Olivia nebeneinander aufgestellt und mustern das Schauspiel mit wachsender Neugier.

»Du bist ein herzlich guter Mann«, deklamiert Marie-Louise außer Atem und schleudert ihre Mandoline von sich. »Allein ich glaub', du hältst nicht viel davon – jetzt gib endlich deine Deckung auf, du Memme!«

Auch Marius wirft seine Laute weg, das Instrument kracht in einen Beckmann und zertrümmert die Verglasung, doch das ist nicht weiter schlimm; Marie-Louise konnte die Artisten ohnehin nicht mehr sehen. Die Zwillinge fechten mit den Schürhaken und springen dabei über Récamieren und Couchtische, vorbei am Billardtisch und entlang der Galerie. Beide sind bemerkenswert gut in Form, gerade so, als hätten sie sich jahrelang auf diesen Kampf vorbereitet. Während Marie-Louise eher tänzelt, geht Marius gröber, entschiedener, doch nicht weniger elegant vor – und wie betrunken beide sind, ist kaum noch auszumachen.

Von den Umstehenden scheint niemand ernstlich besorgt, zumindest greift niemand ein. Während Ivana langsam hinter ihrer Insel verschwindet, reibt David sich die schmerzenden Augen und versucht, die Zwillinge von ihren Spiegelungen in den Fenstern zu unterscheiden; Olivia verlässt sogar den Wohnraum in Richtung des Gästebads, was die Hausherrin für einen empfindlichen Moment aus der Fassung zu bringen scheint.

Marie-Louise stößt mit ihrem Musikantenknochen an den Sockel einer Kolbe-Plastik, schreit auf und lässt ihren Degen fallen. Doch anstatt nun zuzustechen, wirft Marius seinen Schürhaken in einen der Kronleuchter und ringt seine Schwester mit bloßen Händen zu Boden. Er kniet sich auf ihre Brust, während sie mit Händen und Füßen um sich schlägt.

»Das wolltest du doch, oder?«, fragt er keuchend, aber nicht ohne Genuss. Endlich hat er sie zum Schweigen gebracht.

Marie-Louise spuckt ihm ins Gesicht, und erst jetzt bemerkt Marius, dass Olivia nicht mehr anwesend ist, doch nicht nur das – im selben Augenblick fällt ihm ein, dass er das Kästchen nicht angewählt und der Fluggesellschaft keinen Cent für das Pflanzen von Bäumen überwiesen hat. Kurz erschlaffen seine Muskeln, was seine Schwester zum Anlass nimmt, sich aufzubäumen, doch schon hat er sie wieder niedergerungen und greift mit einer Hand nach der ihren, drückt mit der anderen auf ihre Kehle, während sie mit ihrer freien Pranke, versucht, sein Gesicht zu zerkratzen. Dann ertönt ein Schuss.

»Sie nun beide räumen auf.« Ivana hat diesmal tatsächlich in die Luft geschossen, sie schultert die Schrotflinte, ein wenig martialisch,

während der graue Rock sich wie von selbst auf die Zwillinge zubewegt. »Ich hier nichts machen sauber.«

Es ist, als würde ihr Rumpf losgelöst von ihrem Unterkörper
agieren, was die verdutzten Zwillinge schlagartig in eine wieder andere Stimmung zu versetzen scheint; sie lassen von einander und
brechen in ein unkontrolliertes, kehliges Gelächter aus.

4

Olivia trinkt einen Schluck Wasser und stellt dann langsam ihr Glas ab. »Was hast du geträumt?«

»Ich … Ich weiß es nicht mehr.«

»Wirklich nicht? Es sah nach einem schönen Traum aus.«

David überlegt einen Augenblick. »Ich habe von meiner Frau geträumt«, sagt er.

»Du bist verheiratet?«

»Sie ist schon vor langer Zeit verstorben.«

»Das tut mir leid.« Olivia stockt. »Ich träume fast ausschließlich luzide«, sagt sie nach einer Weile.

David sieht gar nicht gut aus, er schenkt sich auch etwas Wasser ein, denn in Wahrheit hat er von Olivia und Tamara geträumt, davon, wie sie sich abwechselnd auf sein Gesicht setzen.

»Das heißt, dass ich währenddessen weiß, dass ich träume«, fährt die Engländerin fort. »Und nicht nur das, ich kann sogar entscheiden, was ich im Traum mache. Es ist ein bisschen wie ein Videogame, und ich freue mich jeden Abend aufs Einschlafen.«

»Herr Hofer wird wissen, was ist luzider Traum.« Ivana hat noch immer ihr Gewehr auf der Schulter liegen, geht zwischen den Zwillingen umher und gibt Anweisungen, wo sie fegen, wo sie wischen und was sie verräumen sollen.

»Das klingt schön … Wirklich schön klingt das.« David trinkt sein Glas in einem Zug aus. »Und was entscheidest du dann zu tun?«

»Meistens gehe ich an den Strand, lege mich in die Sonne und esse eine große Portion Pommes.« Olivia steht auf.

»Wirklich schön klingt das«, sagt der Psychoanalytiker noch einmal und lächelt sie an.

Jetzt fängt er noch an zu sabbern, denkt Olivia und verlässt den Tisch. Intellektuelle zu betören, ist kinderleicht; sie fühlen sich von den einfachsten Dingen angezogen – eigentlich fühlen sie sich ausschließlich von den einfachen Dingen angezogen. Und dabei musste sie sich das mit den Pommes nicht einmal ausdenken; Olivia träumt tatsächlich am liebsten davon. Ach, Pommes … Olivia bekommt allmählich wirklich Hunger. Warum bloß isst in diesem seltsamen Schloss niemand etwas?

Während sie im Vestibül nach ihrer Handtasche sucht, fragt sie sich, ob Ivana noch Gelegenheit hatte, die Pizza zu bestellen, bevor Marie-Louise sie schlug. Schließlich findet sie die Tasche in einer Nische auf ihren Koffern und geht erneut in das kleine Badezimmer zwischen der Eingangshalle und dem Wohnbereich, schließt die Tür und stellt sich wieder vor den großen Spiegel. Olivia greift in ihre Hose und kommt ebenso schnell wie vor einer Viertelstunde. Es ist etwas an dieser Konstellation, das sie betört. Nicht, dass Olivia im Alltag wenig masturbieren würde – doch seitdem sie Marius den Liebesdienst verweigert, ist ihre Libido ein wenig eingeschlafen, gerade so, als wäre sie und nicht er der alte Mann.

Olivia kann ihren Pullover nicht mehr sehen; wenn sie sich nicht dreimal am Tag umzieht oder zumindest eine Kleinigkeit verändert, fühlt sie sich unangenehm begrenzt, zumal heute, unter all diesen betagten Menschen, deren jeder eine so festgezurrte Position einzunehmen, deren jeder eine so statische Identität zu haben scheint – *Identität* … Welch schreckliches Wort, welch langweiliger Pullover! Olivia streift ihn über ihren Kopf, und sogleich ist ihr sehr viel besser zumute. Das graue Top, das unter ihm frei geworden ist, nimmt sich in seiner Farblosigkeit ein wenig schlicht aus, auch wenn Olivia natürlich weiß, dass allein ihr Dekolleté die Dynamik dort drüben verschärfen wird – nun denn, irgendetwas muss schließlich passieren. Manchmal nimmt sie eine Haltung, eine Meinung an, bloß um sie auszuprobieren und zu testen, wie sie ihr schmeckt – oder, um zu testen, wie sie ihrem Gegenüber schmeckt.

Sie sieht auf ihr Telefon und stellt ihren Springer auf E6 – immer vergisst Marius die Pferdchen. Er ist eigentlich ein guter Spieler, denkt die junge Frau, doch ist er zu nervös, zu verkrampft; bei jedem Bauernopfer wird er panisch, während ihr gar nicht so viel am Gewinnen liegt – wobei, das lässt sich in dieser Situation leicht sagen, denn wenn es gut läuft, ist er in drei Zügen matt. Aus ihrer Handtasche fischt Olivia ein buntkariertes Tuch und zieht es in einem lockeren Knoten um ihren Hals zusammen, was sie sogleich an die schöne Flugbegleiterin denken lässt, mit der sie vorhin zum Ärger von Marius einige Blicke gewechselt hat. Soll sie noch einmal masturbieren? Warum eigentlich nicht.

Als sie das Bad wieder verlässt, trifft sie auf Marie-Louise. »Habt ihr eure Sozialstunden schon abgeleistet?«, fragt sie die Hausherrin keck.

Diese antwortet nur mit einem müden, vielleicht sogar gequälten Lächeln und verschwindet im Bad, doch weil Olivia, schockiert darüber, wie spurlos die Verwandlung an ihr vorbeigegangen zu sein scheint, noch einen Augenblick vor der Tür stehenbleibt, muss sie mit anhören, wie Marie-Louise sich übergibt.

»Da bin ich!«

»Ja, das sehen wir«, sagt Marius. Er sitzt wieder am Tisch, aber auf der anderen Seite neben David und scheint sich angeregt zu unterhalten.

Von der Insel her ruft Ivana »Arlecchino!«, doch dieses Wort kennt Olivia überhaupt nicht, weshalb sie *Arancino* versteht und sogleich an jene schmackhaften, frittierten Reisklumpen denken muss, die sie damals in Neapel, damals auf der Via Toledo gegessen hat. »Wann gibt es Pizza?«, fragt sie und setzt sich David gegenüber.

»Opinions are like assholes«, sagt dieser langsam und mustert ihr Oberteil. »Everybody has one ... Das ist doch aus einem Film – Ivana, aus welchem Film ist das noch gleich?«

»*The Dead Pool* heißt Film, ist von 1988: Fünfter Teil von *Dirty Harry*.«

»Was sprecht ihr bloß, ihr Erdbewohner?« Marie-Louise ist zurück und sieht erfrischt aus. Sie setzt sich neben die junge Frau – und jetzt scheint auch sie das Dekolleté zu bemerken.

»Ich denke, David wollte gerade andeuten, dass wir nicht länger über Politik reden sollen.« Marius kreist mit seinem Zeigefinger über den Tisch.

»Eine fantastische Idee!« Marie-Louise klatscht in die Hände. »Wie wäre eine Führung durch mein bescheidenes Haus?«

Marius und David sehen nicht aus, als hätten sie große Lust auf einen Spaziergang durch die ihnen wohlbekannte Burg, doch da Olivia schon aufgesprungen ist und sie es beide nicht zulassen können, die Frauen allein zu lassen, willigen sie lieber ein.

Ivana steht plötzlich vor ihnen. »Ich mache Führung«, sagt sie, lächelt ihre Madame herausfordernd an und zeigt in einer gebieterischen, einarmigen Geste in Richtung der Galerie. »Hier Sie sehen Wohnraum. Normalerweise, er ist weniger kaputt.«

Die Zofe führt die Tischgesellschaft weiter, immerhin hat sie ihr Gewehr wieder verräumt, und sie stehen gerade in der Eingangshalle, als Marius Olivia fragt: »Ist das Halstuch eigentlich neu?«

»Ja, das habe ich im Duty Free geklaut.«

»Immer klaut sie«, sagt Marius. Auch er sieht allmählich wiederhergestellt aus; zumindest seine Stimme klingt lieblicher als noch zuvor. Zärtlich streicht er Olivia über ihr Haar, gerade so, als würde er sich an etwas erinnern.

»Der ewige Kampf«, murmelt David. »Der ewige Kampf der Frau mit Gott.«

Kurz überlegen die Zugereisten, ob sie dazu etwas sagen sollten, doch da man immerhin beschlossen hat, das Politisieren bleiben zu lassen und Marie-Louise schon wieder gefährlich laut auflacht, überlassen sie lieber Ivana die Bühne.

»Früher, wenn Thomas noch nicht war tot, wir hatten hier immer großen Weihnachtsbaum.« Sie macht eine weitere, ausladende Geste.

»Es ist erst November«, versetzt Marius.

»War sehr prächtig, der Baum.«

»Nun gut, du bekommst deinen Weihnachtsbaum.« Marie-Louise stöhnt und wendet sich dann Olivia zu. »Und du bist also eine kleine Kleptomanin? Gibt dir mein Bruder nicht genug Taschengeld?«

»Wir jetzt gehen in Trakt von Madame«, verkündet Ivana; allmählich wird es ihr zu bunt. »Können Sie bitte aufhören, für fünf Minuten nur.«

Beschämt trottet man ihr hinterher und die Treppe empor. Sie haben gerade die höchste Stufe erreicht, als es klingelt.

»Pizza!«, ruft Olivia.

»Polizei!«, ruft es von draußen.

Marie-Louise sackt in sich zusammen. »Kannst du bitte runtergehen, Ivana?«

Doch Ivana kann sich noch gut an die Ohrfeige erinnern. »Ich nirgendwo hingehe. Ist Ihre Haus.«

»Hier ist die Polizei. Bitte öffnen Sie die Tür!«

»David?«

»Jetzt geh schon runter … Du solltest zur Tür gehen, jetzt.«

Marie-Louise richtet ihr Haar und stützt sich am Geländer, während sie hinuntergeht und es von draußen klopft. Ihre Gäste haben sich nebeneinander an der Empore aufgestellt und verfolgen, wie die Hausherrin über die Fliesen läuft. Sie krümmt sich ein wenig und fasst sich stöhnend in den Rücken, doch kurz bevor sie die Tür erreicht hat, richtet sie sich gerade auf und es ist fast, als tänzele sie die letzten Schritte.

»Grüß Gott, gnädige Frau. Ist bei Ihnen alles in Ordnung?«

»Guten Abend und vielen Dank der Nachfrage. Bei mir ist alles in bester Ordnung. Wie komme ich zu der Ehre Ihres Besuchs?« Von der Empore lässt es sich nicht nach draußen sehen.

»Sind Sie allein?«, fragt eine zweite Stimme.

»Wieso fragen Sie?«

»Es ist nur zu Ihrer Sicherheit.«

Marie-Louise wendet sich nach oben, doch Ivana schüttelt mit dem Kopf, hat ihren Herrn Hofer an sich gezogen und fährt sich mit den Fingerspitzen ihrer flachen Hand über die Kehle.

»Ich habe Besuch von meinem lieben Bruder.«

»Könnten wir kurz hereinkommen und mit Ihrem Bruder sprechen?«

»Warum denn? Ich glaube, er ist schon zu Bett gegangen. Außerdem sieht es fürchterlich bei mir aus. Ich habe heute noch nicht aufgeräumt.«

»Ein vorbeifahrender Autofahrer meint, einen Schuss gehört zu haben.«

»Es ist Jagdsaison, werter Mann. Hier wird ständig geschossen.« Marie-Louise lehnt sich kess an den Türrahmen und drückt ihre kleinen Brüste in die Kälte.

»Er war sich sicher, der Schuss käme aus Ihrem Haus.«

»Marius, kommst du mal?«

Olivia schiebt den Galeristen zum Treppenabsatz.

»Ich komme, Schwesterherz«, verkündet sein Bariton in einem burlesken Singsang. »Guten Abend, die Herren«, sagt er schließlich, als er die Tür erreicht hat; er baut sich breitbeinig neben Marie-Louise auf und rückt seinen gelben Krawattenknoten zurecht.

»Geht es Ihnen gut?«

»Mir geht es bestens, danke der Nachfrage. Wie geht es Ihnen?«

»Haben Sie einen Schuss gehört?«

»Ja, vor etwa einer Stunde, vielleicht waren es auch zwei.« Marius kratzt sich behäbig am Hinterkopf, während zu hören ist, wie ein Auto in der Einfahrt parkt. »Es war sicher ein Großwildjäger. Warum kommen Sie erst jetzt?«

Aber nun knirschen Reifen über den Kies der Einfahrt und eine Autotür fällt zu.

»Schau, lieber Bruder. Da ist endlich unsere Pizza … Guten Abend, junger Mann. Was schulde ich Ihnen?«

»Grüß Gott. Sie haben bereits gezahlt.«

»Ach ja … Die Technik!« Marie-Louise lacht, derweil ihr Bruder fünf große Kartons entgegennimmt. »Haben Sie noch einen schönen Abend.«

»Das ist aber sehr viel Pizza«, sagt die Stimme des ersten Polizisten. »Hat man Ihnen schon einmal gesagt, wie ähnlich Sie sich sehen?«

»Nein, das hören wir zum ersten Mal. Ich vergaß wohl zu erwähnen, dass mein Bruder seine essgestörte Freundin mitgebracht hat.«

»Ich verstehe nicht, gute Frau.«

»Sie isst immer mindestens drei Pizzen. Olivia, kommst du mal?«

Wenig später findet sich eine hüpfende Olivia zwischen den Zwillingen ein und ruft erneut: »Pizza!« Ja, sie erkühnt sich sogar, den obersten der fünf Kartons, die Marius noch immer in beiden Händen hält, zu öffnen und binnen zweier Minuten seinen gesamten Inhalt in sich zu stopfen.

»Sehen Sie«, fährt Marie-Louise fort. »Die junge Dame hat einen regen Appetit. Ich wünsche Ihnen noch einen schönen Abend, verehrte Wachtmeister.« Dann schließt sie die Tür, blickt durch den Spion, und nach weiterer zwei Minuten ist zu hören, wie sich das Auto entfernt.

Die Tischgesellschaft trottet zurück in den Salon und bricht erst in Gelächter aus, als Ivana auf die Löcher in der Decke deutet: »Habe vergessen, Löcher zu zeigen, bei meine Führung. Ist Andenken von berühmte Großwildjäger Djordjević.«

Man setzt sich wie zuvor, Olivia wieder neben Marie-Louise und David wieder neben Marius. Ivana holt eine neue Flasche Sancerre und Teller, doch als sie wieder zurückkommt, hat man bereits angefangen, aus den Kartons zu essen.

»Ich bin beruhigt, dass du einen Nachnamen hast, Ivana«, verkündet Olivia schmatzend.

»Ist nicht beruhigend, Nachname«, versetzt die Zofe und nimmt sich ein Stück Pizza. Ivana isst natürlich im Stehen.

»Das *Sie* hat doch auch etwas Schönes«, sagt David, langsam kauend zu Marius. »Vielleicht hätten wir nicht so schnell zum *Du* übergehen sollen. Vielleicht wären wir alle miteinander höflicher …«

»Sie haben mir das *Du* angeboten«, sagt der Galerist lächelnd, und Olivia ist, als würde er ihm zuzwinkern.

»Alles andere wird einem heutzutage schließlich als Unhöflichkeit ausgelegt, zumindest unter Deutschen. Ich dachte … Ich dachte, ich passe mich besser an.«

Auch Marie-Louise schmatzt jetzt. »In zivilisierten Gesellschaften siezt man sich«, versetzt sie.

Ihr Bruder stöhnt wieder auf. »Was sind deiner Meinung nach zivilisierte Gesellschaften?«

»Länder, *Völker*, …« Marie-Louise lacht. »… denen die Demokratie nicht erst aufgezwungen werden musste. Die Franzosen und Engländer zum Beispiel.«

Ivana nimmt sich eines der Weingläser. »Russen nicht zivilisiert, siezen aber auch.« Sie trinkt einen Schluck.

»Was für ein Schwachsinn«, sagt Marius zu seiner Schwester und tupft sich über die Lippen. »Im Englischen duzen sich alle, selbst in deinem geliebten Amerika.«

»Das stimmt eigentlich nicht«, korrigiert ihn Olivia. »Die englische Sprache ist so zivilisiert, dass man das Duzen abgeschafft hat.«

Triumphierend nickt die Hausherrin.

»*Thou* heißt *Du*, nicht *You*«, fährt Olivia fort. »Niemand benutzt dieses *Thou* mehr, weil sich irgendwann einmal alle aufs Siezen geeinigt haben. Bei Shakespeare findet man die alte Anrede noch, oder in der Bibel.« Olivia nimmt sich das letzte Stück Pizza. »*LORD, lift thou up the light of thy countenance upon us*«, deklamiert sie kauend. »Psalm Vier, Vers Sechs.«

»Du steckst – also wirklich. Du steckst voller Überraschungen«, sagt David. »So bibelfest ... Bist du etwa christlich erzogen worden?« Aus seinem Sakko zieht er eine neue Schachtel Zigaretten.

»Wie viele Schachteln hast du eigentlich dabei?«, will Marius wissen.

»Für gewöhnlich – ich gehe immer mit sieben Schachteln aus dem Haus. Jetzt habe ich noch drei, also mit dieser habe ich noch vier.« David zieht die Folie ab, öffnet den Karton und entfernt das Papier.

»Warum so viele?«

»Für alle Fälle.« David steckt sich eine Zigarette an und bietet Marius eine weitere an. Dann gibt er ihm Feuer. »Heutzutage raucht angeblich niemand mehr ... Und plötzlich rauchen doch alle. Darauf bin ich gern vorbereitet.«

»Sehr charmant, sehr zuvorkommend«, sagt Marius und nimmt einen Zug. »Es wird schon noch viel geraucht, aber eher E-Zigaretten, oder nicht?«

»Wenn man mich davon überzeugen wollte, in der Öffentlichkeit an einer Powerbank zu lutschen, müsste da schon härterer Stoff drin sein.«

»Das Wort hast du dir doch ausgedacht, Schwesterherz.«

»Nein, es heißt wirklich Powerbank. Gibt es für diese neumodischen Dinge keine Übersetzungen oder kenne ich sie nur nicht?«

»Ich meinte eigentlich ein anderes –«

Doch Olivia unterbricht ihren Freund. »Sieben Schachteln, sieben Tugenden …« Sie lächelt. »Und du bist also Katholik, Herr Doktor?«

»Sieben Todsünden«, versetzt Marie-Louise und tippt mit ihren dürren Fingern, mit dem kleinsten beginnend, der Reihe nach und in immer schneller werdenden Abfolgen auf den Tisch. »Gott wird also in allen Sprachen geduzt«, sagt sie abschließend, denn irgendetwas – sie weiß nicht, was – missfällt ihr an dem aufkeimenden Thema.

»Ist nicht beruhigend, Nachname. Ich habe ja gesagt.«

»Nun gut«, sagt Marius, nickt langsam und richtet seine Krawatte. »Wenn sich alle einig sind, über das Siezen, dann sollten wir es ausprobieren. Für die nächste Stunde siezen wir uns. Wir werden dann ja sehen, ob wir netter miteinander umgehen. Ivana kann meinetwegen geduzt werden, wenn ihr die Rolle Gottes gefällt.«

»Prost«, sagt Ivana und kippt ihr Glas.

Auch die Übrigen stehen nun auf, sie geben einander die Hände.

»Olivia Cook ist mein voller Name.«

»David Hofer.« Er wendet sich seinem Tischnachbarn zu. »Herr Janssen, richtig?«

»Stimmt, angenehm. Und Sie sind Frau Auer, ja?«

»Enchanté!« Marie-Louise knickst. »Da wir uns nun hoffentlich tatsächlich verhalten wie in früheren Tagen, würde ich vorschlagen, dass wir den Digestif am Kamin einnehmen.« Sie wendet sich Olivia zu. »Bekomme ich Ihren Arm?«

»Was wollen Sie mit meinem Arm?«

»Das war so üblich, sehr üblich damals, dass man die Damen nach Tisch in den Salon führte«, sagt David. »Man gab ihnen dazu den Arm.«

Olivia ist verwirrt. »Und warum ist Frau Auer jetzt die Dame? Kann ich nicht die Dame sein?«

»Monsieur Janssen, erweisen Sie mir die Ehre?«, fragt die Hausherrin in einem gekünstelt entrüsteten Tonfall und fasst sich an die Stirn. »Die jungen Leute von heute sind mir ein Graus.«

Und so gibt Herr Janssen seiner Schwester Frau Auer den Arm, derweil Fräulein Cook vom sichtlich erfreuten Herrn Hofer entlang der zerschlagenen Möbel und Skulpturen zum Kamin geführt wird. »Ich könnte eine Kleinigkeit spielen«, sagt er und tätschelt dabei Olivias Hand etwas zu ausgiebig. »Ich habe in letzter Zeit Schumanns Fantasiestücke eingeübt ... Den Abend, den Aufschwung, das Warum und die Grillen ... Mögen Sie Schumann?« »I adore Schumann«, behauptet das Küken galant. Dieser Herr Hofer riecht noch immer stark alkoholisiert, denkt sie bei sich. Hätte sie doch lieber der Hausherrin ihren Arm gegeben!

Sie setzen sich auf die unbequeme Chaiselongue, und die Zwillinge lassen sich ihnen gegenüber auf etwas nieder, das am ehesten mit dem Begriff *Sitzlandschaft* zu beschreiben wäre. Olivia gefällt die Einrichtung immer besser; ihr Blick schweift über ein schottisches Landschaftsgemälde, einen zerbeulten Samowar, und wieder einmal merkt sie, wie sehr ihr die reduzierte, langweilige Birkeneinrichtung daheim zuwider ist. Schon oft hat sie Marius gefragt, wie es eigentlich sein könne, dass ein Galerist in seiner eigenen Wohnung ohne Kunst lebe, und die Antworten, die sie erhielt, waren nie befriedigend. Einmal sagte er, es gäbe zu viel Schönes, und es würde ihm schwerfallen, sich für ein Objekt zu entscheiden, da er durch seine Wahl einem anderen Kunstwerk unrecht tun würde. Dann wieder erklärte er, dass er während der Arbeit genug sehe, ihn die permanente ästhetische Beschäftigung anstrenge und er für sein Zuhause deshalb ein meditatives Umfeld bevorzuge.

Olivia mustert die Zwillinge, sie sitzen recht eng bei einander. Und weil nun alle bereits seit geraumer Zeit schweigen und Herr Hofer Anstalten macht, näher an sie heranzurücken, ergreift sie das Wort. »Hat jemand von Ihnen in letzter Zeit ein gutes Buch gelesen?« »Ich habe die Bachmann gelesen, die ganze Nacht.«

»Hier wir haben leckere Grappa.« Ivana balanciert das englische Silber. »Ist gereift in Holzfass.« Sie schenkt den Zwillingen, dann Herrn Hofer und schließlich sich selbst ein.

»Ich weiß nicht, ob ein Gespräch über Literatur sinnvoll ist«, sagt die Hausherrin, nachdem sie angestoßen haben. »Heutzutage liest doch eh niemand mehr.«

»Niemand außer Ihnen?« Marius rollt mit den Augen. »Das ist doch wieder nur eines von Ihren Ressentiments. Ich habe zuletzt einen autofiktionalen Roman von einer Astrologin gelesen, die sich in einen Busfahrer verliebt.«

»Sehr interessant«, versetzt Marie-Louise. »Kauft sie sich eine Fahrkarte und fährt mit ihm in den Sonnenuntergang?«

»Sie haben eine Affäre, doch dann bemerkt sie, dass sie aus unterschiedlichen Welten kommen und verlässt ihn … Aber es ist dennoch sehr schön, sie reden über alles und versprechen sich, dass sie es in einem anderen Leben miteinander versuchen.«

»Vielleicht sollten wir tatsächlich über etwas anderes sprechen«, willigt Olivia nun ein, weil ihr einfällt, wie schrecklich sie die Bücher findet, die Marius seit neuestem liest, doch da sie nicht weiß, worüber sie anstelle dessen reden könnte, entsteht eine weitere Pause, in der man einzig Ivanas Versuche, Feuer zu machen, das Rascheln und Knistern von Zeitungspapier vernimmt.

Marius wendet sich an David. »Und was haben Sie zuletzt gelesen, Herr Hofer?«

»Ich habe …« David denkt nach. »Ich habe noch einmal *Die Kinder der Toten* gelesen«, sagt er, obgleich es schon Monate her ist, dass er Susannes Lieblingsbuch zuletzt aufgeschlagen hat.

»Jelinek?«, fragt Marius. Fast hätte er *Die* Jelinek gesagt, doch er besinnt sich noch im letzten Moment. »Ist mir zu düster«, stellt er fest.

Marie-Louise lacht auf. »Es ist unartig, dass Bücher über die Shoah immer so düster sind. Da haben Sie natürlich Recht, lieber Herr Janssen.«

118

»Das habe ich nicht gesagt«, versetzt dieser und sieht enerviert zur Seite.

»So düster kann ein Verbrechen von *Weißen an Weißen* doch gar nicht sein, oder?«, wirft Olivia ein.

Marie-Louise schreit entzückt auf. »Dennoch: Ein astrologischer Busfahrer ist viel erbaulicher. Vielleicht sollten wir Kunst abschaffen, die Gewalt thematisiert.«

»Auch das habe ich nicht gesagt.«

Olivia beginnt zu kichern. »Ich war mal in einem Museum in Manchester, da hat man neben jedes Bild, das etwas darstellte, das jemanden verärgern könnte, einen Text geklebt. Die Überschrift lautete immer *A Feminist Revision*.«

»Aber das ist doch ein interessanter Umgang damit, oder nicht?«, fragt Marius und richtet seinen Blick zurück in die Runde. »Es ist doch schön, wenn die Gemälde noch gezeigt werden.« Er wendet sich zu seiner Schwester, die sich gerade ein weiteres Mal ihr Grappaglas füllt. »Das müsste Ihnen doch gefallen«, sagt er.

»Warum … Also warum sollte man Gemälde überhaupt abhängen?«, will David nun wissen. »Um was für Gemälde geht es überhaupt?«

»Da war zum Beispiel ein Bild von zwei alten Menschen, die arm und unglücklich aussahen, und in der *Feminist Revision* stand, dass das Bild lügt, weil alte Menschen stark und selbstbewusst sind.«

»Wunderbar«, ruft Marie-Louise aus und schüttet sich den Grappa in ihren pulsierenden Hals. »Dann wird uns Frauen ja wieder die Rolle der Anstandsdamen zuteil. Hilfe, dieser Kot stinkt, man gebe mir Riechsalz!«

»Ich dachte, Sie möchten zurück ins 19. Jahrhundert, liebe Schwester.«

Doch Marie-Louise ist noch nicht fertig. »Einerseits, werter Bruder, haben Sie ein geschlossenes Weltbild und glauben an diese Verschwörungstheorie, nach der alle weißen Männer Täter und alle querschnittsgelähmten Nigerianer benachteiligte, gute Menschen sind – und andererseits soll man die Benachteiligung dieser Heiligen nicht abbilden.« Sie füllt ihr Glas erneut hinunter. »Wasch mir den Pelz und mach ihn nit nass!«

»Siezen nicht funktioniert«, stellt Ivana fest und zerknüllt eine weitere Seite Zeitungspapier.

Doch Marie-Louise ist noch immer nicht fertig. »Es ist Ihnen schon bekannt, wer zuletzt das Leid in der Kunst verbieten wollte, oder?«, will sie nun wissen und stürzt ihr Glas erneut.

Marius massiert sich derweil seinen Oberschenkel, so als hätte er einen Krampf. »Ich habe überhaupt kein Weltbild, und ich habe auch nicht gesagt, dass ich etwas verbieten will.« Er streckt seine Hände aus und trommelt mit ihren Unterkanten auf seinem Bein herum. »Außerdem bin ich selbst ein weißer Mann.«

»Nun gut, das mit dem Weltbild nehme ich Ihnen sogar ab. Herrgott, Ivana, haben wir keine Anzündwürfel?«

»Ist passender mit Papier.«

David räuspert sich, doch es dauert ein wenig, bis er beginnt zu sprechen. »Wie sieht es mit abstrakter Kunst aus?«, fragt er schließlich, gerade als Marie-Louise zu einem neuen Stich ansetzen will. »Ich hatte mal einen Patienten«, spricht er weiter, »einen Patienten, der ein Gemälde von Barnett Newman attackiert hat.«

»Ist das der mit den Strichen?«, will Olivia wissen, derweil die Zwillinge in unterschiedliche Richtungen sehen.

»Ja … Ja, das passiert wohl öfter mit seinen Gemälden. Mein Patient meinte, dass das Bild in ihm eine so große Angst ausgelöst hat, dass er darauf reagieren musste.« Der Analytiker zieht an seiner Zigarette und möchte gerade erzählen, dass der Herr sich damals an die deutsche Flagge erinnert sah, an eine Schmähung dieser Flagge, dass er noch Jahrzehnte später nicht davon zu überzeugen war, dieser Ikonoklasmus habe etwas mit seiner psychischen Konstitution zu tun, und dass er, David, seitdem nach Möglichkeit versucht, keine deutschen Patienten mehr anzunehmen – wobei, das sollte er vielleicht nicht laut aussprechen. Der Analytiker zieht an seiner Zigarette und möchte gerade weitersprechen, als Marie-Louise sich an Olivia wendet. Offenbar interessiert sich hier niemand für abstrakte Kunst; nur Ivana lächelt und stochert im Kamin herum.

»Was haben Sie denn zuletzt gelesen, Miss Cook?«

Olivia denkt nach.

»Sie können doch lesen?«

»Louise ...«, ermahnt Marius seine Schwester.

»Ich habe zuletzt *Die Kartause von Parma* gelesen«, sagt die junge Frau. »Mögen Sie Stendhal?«

Auf diese Eröffnung weiß die Hausherrin nichts zu sagen, doch es scheint ihr erneut sehr warm zu werden, während der Bruder sich beginnt zu fragen, ob er so dumm war, Olivia den Lieblingsautoren Marie-Louises zu verraten, ob sie das Buch hier irgendwo herumliegen gesehen – oder ob sie es tatsächlich gelesen hat. Immerhin verbringt Olivia sehr viel Zeit allein zu Hause; Marius weiß nie mit Sicherheit, was sie macht, während er arbeitet.

»Und was hast du gelesen, Ivana?«, fragt David zur Überraschung aller.

Die Zofe stochert noch immer im Kamin herum. »Habe *Blendung* gelesen«, sagt sie lächelnd. »Ist sehr lustiges Buch von Elias Canetti.«

»Das Problem ist wohl«, versetzt Marie-Louise und ist sichtlich bemüht, ihre Gesichtsfarbe wieder in den Griff zu bekommen. »Das Problem ist, dass es heutzutage keine kulturellen Inhalte mehr gibt, die jeder kennt. War es nicht die Didion, die meinte, wir erzählten uns Geschichten, um zu leben? Was aber passiert, wenn jeder nur noch liest, um seine eigenen Ansichten bestätigt zu wissen?«

»Also eigentlich ist *Die Blendung* ein sehr bekanntes –« Doch Marius stockt, lächelt seiner schwitzenden Schwester zu und beginnt, sich langsam am Handgelenk zu kratzen.

»Wie wäre ein wenig Musik?«, fragt David und drückt seine Zigarette aus. »Wenn die Musik der Liebe Nahrung ist, spielt weiter«, murmelt Marius geistesabwesend. »Gebt mir volles Maß. Dass so die übersatte Lust erkrank' und sterbe.«

»Ich habe zuletzt die Fantasiestücke –«

Olivia klatscht in die Hände. »I adore Schumann«, ruft sie erneut aus und sieht dem Psychoanalytiker dabei zu, wie er zum Flügel geht.

Etwas an seiner schlaksigen Gangart erinnert sie an den jungen Cary Grant, daran, wie er im federbesetzten Negligé durch ein fremdes Haus irrt. Ihre Vorliebe für alte Filme, ja für Filme generell, ist noch so etwas, das sie mit Marius nicht teilen kann; Marius meint, die schnelle Bildabfolge wäre zu viel für ihn, er hätte schon genug in einem einzigen Bild zu sehen – nun denn. Im Gehen jedenfalls sieht der alte Mann bemerkenswert jung aus.

David klappt den Deckel auf, setzt sich auf den Schemel und beginnt zu spielen. Seine Schultern ziehen sich zusammen, mit einem Mal wirkt er wieder älter und ein wenig verkrampft, doch die romantische Musik entfaltet dennoch ihre Wirkung, ja, die Töne schwirren durch die vollgestellte Burg, und Olivia wird weiterhin von den Zwillingen angestarrt, was ihr nicht oder nicht nur zu missfallen scheint. Sie beginnt, sich auf der Chaiselongue zu räkeln, und nimmt wie versunken eine ihrer kastanienbraunen Strähnen in den Mund, derweil im Kamin die ersten Flammen züngeln.

Schließlich steht sie auf, geht ins Vestibül und nimmt sich aus ihrem Koffer ein jadefarbenes Cocktail-Kleid. Die Hosen nämlich zwängen allmählich ihre Beine ein, und ins Bad muss sie auch wieder.

Olivia zieht sich das Kleid an und schminkt ihre Augen dunkler, dann masturbiert sie erneut, doch lustloser. Marius' Habitus, aber auch seine Interessen, haben sich im letzten Jahr immer mehr denen ihrer depressiven Altersgenossen angeglichen, denkt Olivia, während sie ihr Haar richtet. Vielleicht bemerkt sie das erst jetzt, weil sie Marius heute neben seiner Schwester sieht – schließlich hat sie sich damals in Claire verliebt, in Claire, die schöne Galeristin, die wirkte, als wisse sie ganz genau, was sie wolle, und die sich dann aber, als Olivia sie besser kennenlernte, so verletzlich zeigte, dass die junge Engländerin begann, eine echte Zärtlichkeit für sie zu empfinden, eine Liebe, wie sie sie zuvor nicht kannte. Natürlich unterstützte sie Marius, als er meinte, er wolle von nun an als der angesprochen werden, der er doch immer schon war.

Olivia blickt in ihr Spiegelbild, aber die innere Erneuerung, die sie sich von der Änderung ihres Äußeren erhofft hat, tritt diesmal nicht ein. Wenn sie ehrlich zu sich selbst ist, weiß sie nicht, ob es die körperlichen Veränderungen sind, die sie ihr Interesse an Marius verlieren ließen, oder ob es nicht an den anderen Veränderungen liegt, an den Büchern, die er nun liest und an der Kunst, die er nun ausstellt, an allem, was er plötzlich zu denken und sich selbst nicht zu glauben scheint. Und wieder kommen ihr die Nächte auf der Via Toledo in den Sinn.

Kurz bevor sie begann, in der Galerie zu arbeiten, flog Olivia mit Emma und Paula, zwei Freundinnen, die sie an der Universität kennengelernt hatte, nach Neapel. Olivia hatte bereits vor dem Urlaub gewisse Befürchtungen, weil die beiden dazu neigten, viel zu große Kleidungsstücke zu tragen, und dass sie überhaupt mit ihnen verreiste, lag daran, dass sie damals noch niemand anderen in Berlin kannte – ja, und außerdem hatte sie einen schönen Abend mit ihnen verbracht.

Sie hatten sich in der riesigen Wohnung von Emmas Eltern getroffen, und es war Paulas Idee gewesen, Pilze zu nehmen. Olivia aber entdeckte im Regal eine alte Beatles-Platte und schlug vor, *Strawberry Fields* in halber Geschwindigkeit abzuspielen, denn das hatte sie in vergleichbaren Situationen mit ihren Schulfreunden in England immer gemacht. Emma und Paula verstanden zunächst nicht, worin der Witz dabei liegen sollte, weil sie das Lied nicht kannten, doch Olivia erklärte es ihnen, und als die verlangsamte, psychedelische Musik begann, sich wie Kaugummi zu ziehen, als die Pilze begannen zu wirken und ihre Ohren und Nasen immer größer wurden – da kamen sie aus dem Lachen nicht mehr heraus. Und weil Olivia nun endlich das Gefühl hatte, ein Stück Heimat in der neuen Stadt zu finden, willigte sie begeistert ein, als Emma vorschlug, gemeinsam zu verreisen.

Einige Monate später bezogen die jungen Frauen eine kleine Ferienwohnung, oben, am Rande der Quartieri Spagnoli. Es gab nur ein Schlafzimmer und eine Küche mit zwei rostigen Herdplatten, die Böden klebten und die Möbel waren zerschlissener, als sie auf den Bildern ausgesehen hatten, doch vom Balkon aus überblickte man die Stadt, den Golf und auch den Vesuv.

Olivia rief, wie herrlich sie diesen Anblick fände und streckte ihre Arme aus, während Emma und Paula neben ihr standen und lächelnd nickten. Der Sommer war fast vorüber, aber in der Dämmerung zurrten violette Wolkenfäden um den Vulkan. Sie liefen den Berg hinab und hüpften über die vielen Stufen der vielen Treppen und durch bald breitere, bald engere Gassen, durch dunkle Häuserschluchten, zwischen denen buntbehängte Wäscheleinen gespannt waren, und der klebrige Geruch des Weichspülers mischte sich in den Gestank des Mülls und in den Duft der lärmenden Küchen. Eine Gruppe junger, vielleicht zehnjähriger Mädchen lief an ihnen vorbei. Sie waren stark geschminkt und imitierten bereits einwandfrei die Frauen, die sie einmal werden wollten.

Ein bisschen verrückt sei es schon hier, kommentierte Emma lachend einen Vespafahrer, dessen Frau einen großen Flachbildfernseher auf dem Rücksitz umklammerte; auf der Lenkstange balancierte er ein kleines, unbehelmtes Kind.

Die Türen zu den Wohnungen im Parterre waren teils geöffnet und erweiterten die Straße durch neue Halbräume. Man sah Familien beim Abendessen, und barfüßige Knaben, die direkt aus den früheren Jahrhunderten zu kommen schienen, rannten in das Schlafzimmer einer alten Frau, spielten Fangen um sie herum, während sie, fett, regungslos und unter gleißendem Licht auf ihrem Bett lag und auf einen winzig kleinen Bildschirm starrte. Jemand ließ aus dem fünften Stock einen Pastateller an einem Seil herunter, und das noch dampfende Essen wurde grußlos von einem vorbeilaufenden Mann entgegengenommen. *Habt ihr so etwas schon mal gesehen?*, fragte Olivia, zusehends begeistert von dem Spektakel und wechselte fassungslose, schließlich entzückte Blicke mit Emma. *Wusstet ihr, dass es mitten in Europa so etwas gibt?*

Doch Paula überging ihre Frage und schlug vor, weiterzugehen. Sie hätte das Gefühl, hier zu stören; diese Spagnoli mache ihr Angst. Olivia hatte dieses Gefühl nicht. Überall waren Touristen zu sehen, die Einheimischen, zumindest die in den Wohnungen, schienen keinerlei Notiz von ihnen zu nehmen. Am Himmel explodierten Feuerwerksraketen, und ein Liebespaar unterhielt sich mit zwei Megaphonen über vier Stockwerke hinweg, aber weil Paula immer panischer wurde, gab sie schließlich nach.

Sie verließen die Quartieri und setzten sich nach einer langwierigen digitalen Recherche vor eine Taverne. Der Rotwein war überraschend, doch angenehm kühl, und das Neonlicht aus dem Inneren des Restaurants erhellte die Gesichter der vielen jungen, schönen und heiteren Menschen, die hier scheinbar ziellos an ihnen vorbeizogen. Olivia verschlang ihre Linguine mit Meeresfrüchten, allerdings erst nachdem Emma diese umständlich fotografiert hatte. Sie könne doch ihr eigenes Essen fotografieren, hatte sie gesagt und gelacht, weil das Risotto, das sich ihre Freundinnen teilten, nicht sonderlich fotogen daherkam – mehrmals fragten die beiden nach neuem Brot, und bald schon wollten sie wieder aufbrechen. Die Reise sei anstrengend gewesen und sie seien müde.

Aber ich wollte heute doch noch ein Girl aufreißen, protestierte die junge Engländerin und beobachtete, wie Emma Tabak in ein Stück Papier stopfte und wie Paula bei dem Wort *aufreißen* zusammenzuckte. Emma, fuhr Olivia fort, hätte sich schließlich als Wingwoman erboten und außerdem sei es noch gar nicht spät. Doch Emma gähnte, steckte sich ihre ausgefranste Zigarette in den Mund und zündete sie an, wobei ein Tabakfaden sich löste und wie ein Glühwürmchen durch die Abendluft tanzte.

Olivia bekomme ihr Girl morgen, sagte sie und griff erneut nach ihrem Telefon, um sie zu fragen, ob sie das Foto von den Meeresfrüchten hochladen dürfe.

Olivia verdrehte die Augen, äußerte, dass weder Miesmuscheln noch Garnelen Persönlichkeitsrechte hätten und sie auch allein ein wenig weiterziehen könne, doch Paula befand dieses Vorhaben für zu gefährlich.

Gut, dann müsst ihr wohl mit mir mitkommen!

Was sie eigentlich an einer Stadt fände, in der sich junge Mädchen wie Nutten schminkten, warf Emma ihr entgegen, woraufhin eine kleine Diskussion zwischen ihr und Paula entbrannte, darüber, ob ihre Wortwahl Gewalt reproduziere.

Olivia ließ sich davon nicht stören und sann darüber nach, wo all das junge Volk hinwollte. *Hey! Where are you going to?*, rief sie schließlich einem jungen Mann hinterher, der eine große Goldkette über einem Fußballtrikot trug. Sie hätte ihn und seine Freunde schon dreimal an ihrem Restaurant vorbeilaufen sehen. Ob sie denn kein Ziel hätten?

We're just walking around. It's friday!, antwortete der Jüngling über seine Schulter hinweg.

Herrlich, sie laufen einfach herum, rief Olivia. In Deutschland würden Jungs in seinem Alter wichsend vor ihrem Computer sitzen, während sie hier herumliefen und sich Haargel auf den Kopf schmierten. *Schaut doch, wie angstlos sie sind!*, rief Olivia. *Schaut doch, wie sie mit den Mädchen reden!*

Emma lachte und Paula schwieg, doch bei geringerer Geräuschkulisse hätte man sie laut atmen gehört. *Habt ihr gesehen, wie hübsch er ist? Er hat mich angelächelt, oder? Soll ich ihm hinterherlaufen und meine Nummer geben?* Er sehe aus wie ein Macho, konstatierte Paula. Olivia war empört. Sein Kumpel sei ein klassischer Schwuler, so wie man ihn nicht einmal mehr im Fernsehen sehe. Ob ihr das nicht aufgefallen sei, wollte sie wissen. Ob sie überhaupt hingesehen hätte? *Da, da hinten, in dem bauchfreien Glitzerteil! The bully and the faggot ... Hier feiert jeder mit jedem.*

Ich dachte, du stehst auf Frauen, sagte Paula, nachdem sie Olivias Zeigefinger aus der Luft genommen und auf den Tisch gelegt hatte. *Na, und? Ich bin neunzehn.* Olivia starrte ihre Freundinnen an, und weil Emma ihr nicht beisprang, fiel es ihr zusehends schwer, zwischen ihr und Paula einen Unterschied zu machen. Wie immer trugen die beiden zu große T-Shirts, wie immer waren sie für nichts zu begeistern. *Oh, Olivia hat Spaß!*, rief Olivia und lachte. *Wir sollten sie lieber ins Bett bringen. Vielleicht fängt sie sonst noch an, sich zu schminken.* Die beiden Gesichter hatten nun tatsächlich denselben Ausdruck. *Vielleicht liegt es auch daran, dass ihr nicht selbst für euren Urlaub zahlt*, fuhr Olivia fort. Monatelang hätte sie für diese paar Tage gespart und immer mehr Schichten im Versandlager angenommen, bis sie gar nicht mehr zum Studieren gekommen sei – und das nur, um jetzt in die deprimierten Gesichter ihrer Freundinnen sehen zu müssen.

Hierauf starrte Paula wutentbrannt auf eine der Wäscheleinen und murmelte etwas davon, dass Olivia die Armut der Neapolitaner romantisiere und die Gewalt ausblende, doch Emma hatte sich wieder gefangen und schien nachzudenken. Nach einer Weile sagte sie in einem ruhigen Ton: *Wir können nichts dafür, dass du kein Geld von deinen Eltern bekommst.*

Daraufhin begann Olivia wieder zu lachen. *Oh, Olivia steht auf Frauen,* rief sie. *Und jetzt will Olivia etwas von einem Mann. Vielleicht ist sie nymphoman! Würdet ihr doch wenigstens miteinander ficken, aber nein, ihr sitzt den ganzen Tag in eurer Schlabberkleidung herum und fragt euch, warum es noch Menschen gibt, die Sex haben. Congrats, ihr seid die neue Avantgarde.*

Emma und Paula schwiegen und sahen abwechselnd auf den Tisch und die Umstehenden, die sich mittlerweile tuschelnd um sie versammelt hatten. In der Ferne hörte man es hupen.

Und wieder lachte Olivia. *Ihr habt so viel Angst, etwas Falsches zu tun oder zu sagen oder überhaupt nur zu fühlen, dass ihr jeden, der anders leben will, versucht zu zerstören. Aber ich lasse mir das nicht mehr antun.*

Sie stand auf und warf in einer theatralen Geste einen Zwanzigeuroschein auf den Tisch, was die Menge zum Anlass nahm, in ein Freudengeheul auszubrechen. Man hatte Gefallen an der verrückten Engländerin gefunden.

Ich wünsche euch noch ein schönes Leben. Sterbt nicht zu früh an eurer Langeweile!, rief sie weiter und drehte sich auf dem Absatz um.

Dann lief Olivia mit den jubelnden Massen über die Via Toledo. Bis spät in die Nacht lief sie umher, schloss neue Freundschaften und küsste, wen sie wollte, denn sie war jung und schön und endlich auch frei.

Mittlerweile sind die beiden wahrscheinlich nonbinär und gehen gar nicht mehr vor die Tür. Diese Leute sind jetzt alle nonbinär, denkt Olivia und zieht ihren Lidstrich ein weiteres Mal nach. Sie blickt in den Spiegel und fragt sich, ob es nötig war, die jungen und unsicheren Frauen derart zu beleidigen, und was genau sie eigentlich zu ihnen gesagt hat. Manchmal nämlich denkt Olivia Dinge, die sie nicht ausspricht, und dann wieder spricht sie Dinge aus, die sie nicht denkt – wobei nein, das ergibt keinen Sinn. Manchmal aber denkt Olivia, dass etwas nur in ihrem Kopf passiert, doch eigentlich hat sie es ausgesprochen – und dann wieder verhält es sich genau andersherum. Und je unsicherer Olivias Gegenüber ist, desto weniger weiß sie, was in ihr und was da draußen passiert: Ein Teufelskreis, an dessen Ende – aber ein Kreis hat kein Ende, denkt Olivia, und vielleicht sind Emma und Paula gar nicht nonbinär, auch wenn es natürlich irgendeinen Grund gegeben haben muss, warum die beiden sie so hassten, oder warum Olivia die beiden so sehr gehasst hat, denn irgendwoher kam er ja, der Hass, sonst würde sie sich doch jetzt nicht so schrecklich schuldig fühlen, und ganz generell – was denkt sie da schon wieder, und warum, verflucht noch einmal, sollte Olivia Nonbinäre hassen? Olivia hat nichts gegen Nonbinäre, wirklich nicht, und die Hände der jungen Frau beginnen plötzlich so sehr zu zittern, dass der Kajalstift droht, ihr Auge zu durchbohren, und sie ihn lieber beiseitelegt.

Vielleicht umgibt sie sich schon so lange mit erfolgreichen Menschen, dass sie vergessen hat, dass der Erfolg nicht der ihre ist.

Erst als ihr Blick das schöne neue Halstuch streift, erst dann fällt ihr wieder ein, wie glücklich sie war auf der Via Toledo – in jener Nacht und in den folgenden. Sie streicht über das karierte Muster und denkt daran zurück, dass es ihr nichts ausmachte, am frühen Morgen in die Ferienwohnung zurückzukehren und aufzuwachen, wenn die anderen schon aus dem Haus waren. Sie denkt daran zurück, dass es sie damals kaum verletzte, dass Emma und Paula sie von nun an ignorierten und selbst auf dem Weg zum Flughafen nicht mit ihr sprachen. Sie erinnert sich zwar an die Gerüchte an der Universität, die von da an um sie kreisten, erinnert sich, dass es nicht immer einfach war. Doch schon damals war Olivia sich aus irgendeinem Grund sicher, dass sie neue Freunde finden würde, solche, die wie sie immer noch ein wenig mehr vom Abend haben wollten und deren Kleider nicht so schrecklich groß wären.

Und mit einem Mal weiß sie, dass sie Marius verlassen muss; das wäre für sie, für ihn, das wäre für alle das Beste. Und mit einem Mal ist die erhoffte Erneuerung da. Olivia zieht eine Grimasse, ihr Spiegelbild grimassiert zurück – dann beginnt sie zu tanzen. Olivia und ihr Spiegelbild tanzen zu der Musik in Olivias Kopf, und alles ist neu und rein und endlich auch frei.

Als sie die Tür öffnet, steht wieder Marie-Louise vor ihr.

»Hallo, schöne Frau«, sagt sie.

»Guten Abend, die Dame.«

Marie-Louise streift mit dem Zeigefinger über das bunte Halstuch und an Olivias Schlüsselbein entlang. »Ein reizendes, ein wirklich reizendes Stück«, flüstert sie. »Vielleicht sollte ich auch mal wieder etwas stehlen.«

Nur knapp entwindet Olivia sich der Hausherrin, die versucht sie zu küssen und dabei unter ihr Kleid zu fassen. Marie-Louise greift wieder einmal ins Nichts, gerät wieder einmal ins Wanken und schließt endlich die Tür hinter sich. Und als Olivia sie erneut dabei belauscht, wie sie sich den Finger in den Hals steckt, beschließt sie, noch in dieser Nacht, möglichst bald, sofort, zurück nach Wien zu fahren.

»… aber das ist ja die große Frage«, hört sie David sagen, während sie federnden Schrittes den Kamin ansteuert. »Die große Frage ist, wie sich die Polarität, also wie sich – ob sich das so konkretistisch lösen, oder ob man da nicht vielleicht …«

»Worüber sprecht ihr?«, fragt Olivia und lässt sich auf der unbequemen Chaiselongue nieder. Aus irgendeinem Grund sitzt der Analytiker plötzlich neben ihrem Freund auf der Sitzlandschaft.

»Das frage ich mich auch«, sagt dieser und lacht.

Auf der zersprungenen Platte des Couchtischs steht eine neue Flasche Champagner, und Olivia beschließt, sich ein Glas zu genehmigen, um ihren Beschluss zu feiern.

»Bist du dir sicher, dass –«

Olivia nimmt einen Schluck. »Ich bin mir sehr sicher, danke.«

»Ich will doch nur sagen, dass wir alle miteinander verbunden sind«, sagt Marius und wendet sich wieder David zu. »Das klingt für dich vielleicht esoterisch, aber so meine ich das nicht.«

»Wie meinst du es denn?«

»Na ja, ich spüre doch die Energie, die mir andere senden, und will meinerseits auch, dass man mich spürt.«

Olivia trinkt einen weiteren Schluck und fragt sich, wie sie es so lange mit diesem Kerl ausgehalten hat.

»Das sind nun aber erst mal etwas vage, wirklich vage Aussagen«, stottert der Analytiker. »Ich meine, ich verstehe das ja, zumindest biographisch, also dass dir diese Art von Spiritualität Halt geben … dass sie dir Halt gibt.«

»Was verstehst du biographisch?«

David leert sein Glas. »Korrigiere mich bitte, wenn ich falsch liege, aber … ich will doch meinen, dass eure Zeit in der Kommune, also dass –«

»Welche Kommune?«, will Marius nun wissen, derweil er seine Schwester aus dem Bad zurückkommen hört.

David steckt sich eine Zigarette an.

»Welche Kommune?«, fragt Marius noch einmal. Marie-Louise bewegt sich weiter auf sie zu.

David nimmt einen Zug, kratzt sich am Hinterkopf und wischt mit der zigarettenlosen Hand durch die Luft. »Ist nicht wichtig«, sagt er. »Ich habe letztens in einem Witzbuch geblättert, da waren viele, also viele Fragen – lustige Fragen waren darin. Eine lautete, ob man lieber sämtliche Geschlechtskrankheiten hätte oder für den Rest des Lebens jeden Tag ein Hemd aus dem Hard-Rock-Café tragen müsste. Was, also wofür würdet ihr euch entscheiden?«

Olivia lacht laut auf, während Marie-Louise sich ein Glas nimmt und sich neben sie setzt.

»Hast du wieder erzählt, dass ich vergewaltigt wurde?«, fragt ihr Bruder sie, und der sonst so volle Bariton gerät ins Schwanken.

»Ich – was?« Marie-Louise stockt. »Ich würde mich für die Geschlechtskrankheiten entscheiden.«

»Hast du wieder erzählt, dass ich vergewaltigt wurde? Hast du wieder von der Kommune erzählt?«

Marie-Louise schaut in den Kamin, in die Flammen und in die Glut.

»Du bist wirklich gestört. Erst wirfst du Frauen, die du nicht kennst und über die du nichts weißt, vor, sie würden sich Vergewaltigungen ausdenken, um ihre Karriere aufzubessern – und dann dichtest du deiner eigenen Schwester einen Missbrauch an?«

Marie-Louise starrt weiter in die Glut. »Ich dachte, du wärst mein Bruder«, murmelt sie. »Ich dachte, das wärest du immer schon gewesen.«

David räuspert sich. »Ich glaube nicht, dass es ... dass es gerade darum geht. Hast du die Geschichte mit der Kommune erfunden, Louise?« Er wendet sich zu Marius. »Gab es Helga und Veit mit ihren Kindern Olaf und Freja überhaupt?«

Olivias Glas ist schon leer. »Was sind das denn für Namen?«

»Sind Namen wie aus Nazi-Soap«, sagt der vorbeihuschende Rock. »Niemand so heißt in echte Welt. Ich habe doch gesagt.«

Der Bariton derweil gewinnt wieder an Form. »Rede mit mir, du arme, gestörte Frau. Sieh mich wenigstens an! Du hältst es nicht aus, ein Opfer zu sein, oder?« Marius wendet sich an David. »Wie nennt man jemanden, der um nichts in der Welt ein Opfer sein will, Herr Doktor?«

»Ich bin kein Opfer«, sagt Marie-Louise leise und mit bebender Stimme.

»Nein, da wirst du lieber zum Täter. Mama hat mir erzählt, dass du heute nicht ans Telefon gegangen bist. Weißt du eigentlich, wie traurig sie das macht?«

Olivia schenkt sich nach. Hat sich gerade etwa ein Zeitfenster verschlossen? Auch David sieht verzweifelt aus, und eigentlich sollten sie beide die Zwillinge jetzt allein lassen. Eigentlich sollten sie jetzt, spätestens jetzt gehen.

»Weißt du überhaupt, dass sie dich immer zuerst anruft?«, fragt Marius weiter. »Immer! Jedes unserer Gespräche fängt damit an, dass du nicht ans Telefon gegangen bist. Und du warst schließlich auch diejenige, die sie retten wollte – dir ist sie zuerst hinterher!«

Marie-Louises zittrige Finger stellen das Glas auf den Tisch. Sie sieht plötzlich sehr alt aus, und die Schminke vermag es nicht mehr, ihre andauernde Schlaflosigkeit zu verbergen. Gesenkten Hauptes steht sie auf und hält sich an der Lehne fest, um nicht umzufallen; dann geht sie langsam und schwankend in ihren Trakt.

»Was meinst du damit?«, fragt Olivia schließlich in die Stille hinein. »Eure Mutter wollte Marie-Louise retten? Wovor wollte sie sie retten?«

»Ach …« Marius zögert. »Als wir fünf Jahre alt waren, da hat uns –«

»Ich jetzt mache Kaffee. Mag jemand Kaffee? Kaffee immer hilft.« David steht auf. »Ich nehme gern einen Kaffee«, sagt er und geht zur Insel. Olivia und Marius folgen ihm, doch erst, nachdem Olivia ihr Glas wieder gefüllt hat.

Sie setzen sich auf die unbequemen Barhocker und beobachten die Zofe an der Maschine. In einer behänden, beidseitig ausgeführten Bewegung klopft sie die Siebträger aus, während sich das dröhnende Mahlwerk in Gang setzt und ein wenig Dampf dem Boiler entweicht.

»Für mich einen doppelten Cappuccino«, sagt Marius, als das Dröhnen verstummt.

»Americano.« Olivia sitzt zwischen den beiden älteren Herren und wendet sich ihrem Freund zu. »Wovor wollte eure Mutter sie retten?«

»Als wir fünf –«

»Eine Melange, bitte«, murmelt David dazwischen.

»Also als wir fünf Jahre alt waren, da hat uns unser Vater verlassen, für eine andere Frau. Habe ich das nie erzählt? Sie war eine gute Freundin unserer Mutter …« Marius nimmt den doppelten Cappuccino entgegen und dreht die Tasse, bis ihr Henkel parallel zur Kante der Theke steht. »Eigentlich war sie sogar die beste Freundin unserer Mutter.« Er fährt mit der Unterseite seines Löffels behutsam über den Milchschaum und leckt ihn ab. »Mama hat das nicht gut verkraftet«, sagt er dann.

»Verständlich«, versetzt Olivia und will ihren Americano entgegennehmen, doch offenbar hat Ivana sich selbst diesen Kaffee zugedacht. Die Haushälterin nimmt einen Schluck und lächelt sie an.

»Vielleicht muss ich noch dazusagen«, fährt Marius fort, »dass unserer Großmutter dasselbe passiert ist. Also als unsere Mutter noch ganz klein war, da wurde Omi betrogen, auch von ihrem Mann – auch er betrog sie mit ihrer besten Freundin. Das war zu Beginn des Kriegs, glaube ich.«

Nun bekommt David seine Melange, derweil Olivia noch immer warten muss und sich in Ermangelung des Kaffees am Champagner gütlich tut. Offenbar versucht Ivana, sie in ihre Schranken zu weisen.

»In Blankenese wusste bald jeder, dass unsere Großmutter betrogen wurde – noch bevor sie es selbst erfuhr. Das war eine große Demütigung … Und unsere Mutter war noch sehr klein, als Omi es dann doch herausfand. Wenig später kam unser Großvater an die Front. Er war Offizier und starb in russischer Gefangenschaft, glaube ich – aber er kam jedenfalls nie wieder zurück, und Omi war die Kriegsjahre über sehr depressiv. Ich glaube, sie hat kaum mit Mama gesprochen.«

Endlich bekommt auch Olivia ihren Kaffee. Sie nimmt ihn wortlos entgegen und führt die Tasse zum Mund, doch ist er noch zu heiß, um ihn zu trinken.

»Jedenfalls muss man das vielleicht mitbedenken, wenn man verstehen will, was meiner Mutter dreißig Jahre später passiert ist«, sagt Marius und nimmt sich eine von Davids Zigaretten. »Mama ist dasselbe widerfahren. Auch sie wurde von den beiden Menschen betrogen, die ihr am nächsten standen. Und ich denke, dann ist eine Sicherung bei ihr durchgebrannt.«

»Wie hat sich das geäußert?«, will David wissen.

»Zunächst hat sie das Personal beschimpft und ist schreiend durch die Straßen gelaufen. Wir wurden auch vorher schon von den anderen Familien gemieden, weil sie uns diese Hippiekleidung angezogen hat. Aber von da an wurde es schlimmer … Unser Vater ist mit ihrer Freundin durchgebrannt, also wirklich abgehauen – wir haben ihn nie wieder gesehen.«

»Und wovor wollte eure Mutter Marie-Louise retten?«

»Ich denke, sie wollte nicht, dass wir einmal so verletzt werden, wie es ihr und vorher ihrer Mutter passiert ist. Sie hat ein Messer genommen und ist auf Louise losgegangen, auf Marie Eins. Sie dachte, nur noch der Tod könnte sie vor dem Unglück bewahren.«

»Greis … Wie schrecklich«, sagt David.

»Ich meine, ich verstehe das irgendwie. Zum Glück konnte ich dazwischengehen – ich nahm den Schürhaken und schlug sie nieder.«

»Aber ihr wart noch Kinder«, entfährt es Olivia; sie streicht ihrem Freund über die Schulter und lässt ihre Hand in seinem Nacken ruhen. »Kinder wart ihr noch.«

»Ja.« Marius macht eine Pause. »Nein.«

»Und eure Mutter hat das überlebt?«, fragt nun David. »Sie ruft euch schließlich noch immer an«, erklärt er unnötigerweise; vielleicht erklärt er es sich bloß selbst.

»Ja, natürlich hat sie überlebt – sie blutete nur wenig und kam nach einiger Zeit wieder zur Besinnung. Ich sperrte Louise und mich im Keller ein, bis wir sicher waren, dass sie uns nicht mehr töten wollte. Stundenlang stand sie weinend vor der Tür. Sie entschuldigte sich immer wieder und flehte uns an, herauszukommen.«

»Und? Seid ihr wieder herausgekommen?«, fragt Olivia, nimmt ihre Hand zurück und beobachtet die Haushälterin. Ivana sieht aus, als hätte sie all das schon mehrfach gehört.

»Ja, natürlich. Es war irgendwann klar, dass sie wieder zur Besinnung gekommen war.«

David hustet. »Wieso war das klar?«

»In den nächsten Nächten habe ich mich immer in meinem Zimmer eingeschlossen, weil ich Angst hatte, Mama könnte wieder … na ja, also dass sie wieder so –« Marius stockt. »Aber Louise konnte das nicht«, fährt er fort. »Sie wollte Mama nicht traurig machen. Sie hat ihre Tür immer offengelassen. Das ging wochenlang so weiter. Ich habe ihr immer wieder gesagt, dass sie die Tür zuschließen soll, denn manchmal – mein Zimmer lag direkt daneben – manchmal habe ich Mama gehört, wie sie zu Louise gegangen ist und geweint hat.«

»Ist sie denn noch einmal auf sie losgegangen?« Olivia wird allmählich bewusst, dass sie heute nicht mehr nach Wien fahren wird, doch immerhin lässt sich der Kaffee endlich trinken.

»Nicht wirklich, also nicht so eindeutig …«, beantwortet Marius ihre Frage. »Aber ich habe irgendwann unsere Großmutter verständigt, also eigentlich hat sie mich eher ausgefragt … Sie hat dann unseren Arzt angerufen.« Er leckt sich etwas Milchschaum von den Lippen. »Und dann wurde Mama weggesperrt. Es hieß, sie sei in einem psychotischen Zustand, aber das hat man uns erst später erklärt.«

David steckt sich eine Zigarette an, während Marius seine aus-
drückt. »Und was war mit der Kommune?«

»Es gab keine Kommune. Wir sind zu unserer Großmutter gezogen, das riesige Haus ließ sich nicht mehr halten. Und sie hat
auch die Vormundschaft für uns übernommen, das war ein großer
Glücksfall.«

»Was war ein Glücksfall?«, fragt Olivia.

»Omi! Sie war eine wunderbare Großmutter und hatte einen
beeindruckenden Musikgeschmack. Schon als wir klein waren, hat
sie uns zu den B52's mitgenommen, zu The Cure und natürlich zu
Blondie. Wir fielen sehr auf bei den Konzerten: die alte Trümmer-
frau und wir Kinder mit den Zöpfen. Ich verstehe bis heute nicht,
wie sie diese Bands überhaupt entdeckt hat – ihre Freundinnen
waren lauter langweilige Tanten.« Marius lächelt und scheint kurz
zu vergessen, was er eigentlich erzählen wollte. »Manchmal durften wir Mama besuchen, in der geschlossenen Abteilung«, fährt er
schließlich fort. »Aber die ersten Jahre über war sie meist so se-
diert, dass sie nicht wirklich mit uns gesprochen hat. Und als sie
dann später wieder Kontakt zu uns aufgenommen hat, fiel es Louise schwerer als mir, ihr zu verzeihen. Ich … Ich weiß nicht. Omi hat
uns doch erzählt, was mit ihr damals geschehen ist … Aber Louise
war trotzdem weiter wütend auf Mama, während ich finde, dass sie
nichts dafür kann. Und ehrlich gesagt, bin ich meiner Schwester oft
böse, dass sie so hart ist zu unserer Mutter. Es ist schließlich allein
Papas Schuld.«

»Ich verstehe nicht ganz«, sagt David. »In Marie-Louises Geschichte gibt es einen – deiner Aussage nach … einen imaginären
Mann, einen bösen Ersatzvater, der alles zerstört. Und in deiner
Geschichte, geht eure Mutter auf euch los … Und es ist aber dennoch euer Vater, der für dich an allem Schuld ist?«

Marius schiebt seine Tasse von sich. »Was willst du damit andeuten? Glaubst du mir nicht?«

»Nein, also deine Version, die klingt, also die ist durchaus plausibler …« David stockt.

»Wenn Papa sie nicht betrogen hätte, wäre das alles nie passiert«, sagt Marius mit Nachdruck. »Es ist nicht immer die Mutter.«

»Das habe ich auch gar nicht gesagt. Aber in eurem Fall, wirkt es doch … also ist es zumindest interessant, dass –«

»Eigentlich, es ist schon immer Mutter«, versetzt Ivana und wischt mit einem Lappen über das schmale Rohr des Milchaufschäumers.

David lächelt. »Ivana …«, ermahnt er sie flötend.

Doch Marius steht auf und zischt den Analytiker an. »Verschon mich mit deiner misogynen Theorie«, sagt er. »Ich sehe jetzt nach meiner Schwester.« Mit entschiedenen, stampfenden Schritten setzt er sich von der Insel ab.

»Ich … Ich wollte eigentlich auf eine andere, eine ganz andere Parallele in den Geschichten hinaus«, sagt David langsam, doch da ist der gelbe Dreiteiler schon verschwunden.

»Worauf wolltest du hinaus?«, fragt Olivia. »Was genau hat Marie-Louise dir überhaupt erzählt?«

»Beide Zwillinge scheinen davon auszugehen, dass sie den jeweils anderen – dass sie ihn beziehungsweise sie gerettet haben. Und … Und ich meine, das ist doch eigentlich, also an und für sich etwas Schönes.«

5

Ivanas müde Finger greifen nach einer Schublade und öffnen sie. Da sie das Ibuprofen schon zu früherer Stunde aus dem Blister gedrückt hat, hören die Gäste nicht, wie die beiden weißen Tabletten in ihrer Hand verschwinden, und da sie ihnen den Rücken zukehrt, sehen sie nicht, wie sie das Schmerzmittel in ihren Mund steckt. Es ist, als fahre sich die Haushälterin mit der flachen Hand von unten über ihr Gesicht, so als wolle sie sich selbst wachrütteln. Ivana führt den letzten Schluck ihres Kaffees an ihre Lippen. Sie schluckt, während Olivia beginnt zu sprechen.

»Diese Stille – hört ihr diese Stille?«

Ivana lauscht der Stille. Bald würde ihr Rücken aufhören zu schmerzen. Schon früher an diesem Tag hat sie mit dem Gedanken gespielt, ihre Schuhe gegen flachere und bequemere Exemplare zu tauschen, doch in dieser Gesellschaft plötzlich fünf Zentimeter kleiner zu sein – wer weiß, was eine solche Schrumpfung nach sich zöge.

»Ich …«, hört Ivana Herrn Hofer sagen. »Ich muss zugeben, dass sich etwas im Raum verändert hat.«

»Die Energie hat sich verändert.« Olivia kichert. »Das Energiefeld hat sich entspannt, wie Marius sagen würde.«

Ivana dreht sich um und mustert die junge Frau, die neben ihrem Herrn Hofer sitzt und glaubt, sich darüber freuen zu können, dass die Zwillinge das Interesse an ihr verloren haben. Ihre Finger streichen über das buntkarierte Halstuch und gleiten sodann zu ihrem Glas hinüber. Es ist schon wieder leer.

»Wir jetzt trinken Sliwowitz«, hört Ivana sich sagen. Manchmal reagiert sie so schnell, dass sie selbst Mühe hat, hinterherzukommen.

Herr Hofer sieht nicht aus, als würde ihn die Aussicht auf den Pflaumenbrand sonderlich freuen. Vermutlich ist Herr Hofer froh über die zurückerlangte Selbstkontrolle. Wahrscheinlich will Herr Hofer nicht schon wieder betrunken sein. Nun gut, in Ivanas Küche gibt es zwar keine kleinen Gläser, doch in dem Biedermeier-Buffet im Flur müssten noch die hässlichen japanischen, aber vor allem blickdichten Teetassen zu finden sein. Und während ihr grauer Rock hinter der Insel hervorschnellt, denkt Ivana, dass die Kaufwut ihrer Madame nicht nur Nachteile hat.

»Ich habe mich nur an wenige Regeln gehalten«, hört sie die junge Engländerin sagen, als sie zurück an ihrem Arbeitsplatz ist. »Ich war auf einigen Partys, und ich glaube, das hat Marius nicht gefallen, vielleicht war er auch nur neidisch – er hat jedenfalls nie etwas dagegen gesagt.«

Ivana überreicht ihr ein volles Tässchen, während sie sich und Herrn Hofer nur zwei Millimeter eingegossen hat. Herr Hofer ist natürlich zu höflich, um den Sliwowitz abzulehnen.

»Prost«, sagt Ivana und zwinkert ihm zu.

Er runzelt hilflos die Stirn und lächelt Ivana an, so als würde er sich für etwas entschuldigen. »Živeli!«, sagt er wieder.

»Cheers«, sagt nun auch Olivia, trinkt und verzieht ihr hübsches Gesicht. Dann wendet sie sich wieder an David. »Er sagt selten direkt, wenn ihm etwas nicht gefällt … «

Nun wird Ivana die beiden allein lassen müssen, und das fällt ihr gar nicht leicht. Vielleicht hätte sie sich ein paar Millimeter mehr einschenken sollen. Sie wirft einen letzten Blick auf Herrn Hofer, doch der sieht gar nicht aus, als wollte er allein gelassen werden – gut, da lässt es sich schon besser davongleiten.

Ivana schleicht zunächst in Madames Trakt und presst ihr Ohr an die Schlafzimmertür – drinnen wimmert es leise. Unbemerkt schleicht sie zurück ins Vestibül, dann weiter in Thomas' Trakt und direkt in das Ankleidezimmer. Aus einem der unteren Fächer zieht sie einen schwarzen Koffer, als ihr auffällt, dass ihre Schwägerin, dass Aleksandra das Staubwischen hier unterlassen hat. Eigentlich könnte Ivana das egal sein, doch etwas in ihr will Aleksandra anrufen und sie tadeln. Wenn Ivana noch so viel Kleidung von ihrem Milan besäße, würde sie wollen, dass alles gepflegt bliebe. Erst nach seinem Tod zog Ivana hier ein, vorher musste sie pendeln, doch das war ihr zusehends zu anstrengend geworden, und da Tamara ohnehin ausziehen wollte und die Wohnung im 15. Bezirk für sie allein zu teuer wurde, war es die beste, zumindest die einfachste Lösung gewesen, zu Madame in den Wald zu ziehen. Seltsam, denkt Ivana – heute kann sie diese Entscheidung nur noch schlecht nachvollziehen.

Sie sollte sich auf das Wesentliche konzentrieren. Sie öffnet eine Schublade und wählt die sieben schönsten Unterhosen aus – zum Glück hat Thomas keine Boxershorts getragen. Männer in Boxershorts findet Ivana lächerlich, sie sehen darin aus wie kleine Jungen. Aus einer weiteren Schublade wählt Ivana sieben Unterhemden, sieben Sockenpaare und überprüft jedes auf Löcher – es gibt keine. Sodann entscheidet sie sich für zwei Bundfaltenhosen, die Größe müsste stimmen, und ein Paar Jeans. Ivana mag keine Jeans, doch für legere Zwecke sollen sie ihr recht sein. Nachdem sechs Hemden im Koffer gelandet sind, knöpft sie der Puppe das siebente vom Leib und bemerkt, dass der Stecker gezogen wurde. Offenbar hat Ivanas kleiner Streich seine Wirkung entfaltet. Sie wählt ein graues und ein blaues Sakko aus, einen Rollkragenpullover, eine Strickjacke und, warum nicht, einen bordeauxroten Seidenschal mit Paisleymuster. Dann ist der Koffer voll.

Um ungehört zu bleiben, nimmt Ivana ihn in die Hand, späht vor ins Vestibül – niemand ist dort. Sie zieht ihre Schuhe aus und rennt mit Koffer und Schuhen auf ihren bloßen Fußballen in ihr Zimmer. Sowie sie die Tür hinter sich geschlossen und den Koffer neben den anderen Taschen im Schrank abgestellt hat, fällt ihr Blick auf Tamaras Bild. Ivana schlüpft zurück in ihre Schuhe, nimmt das Bild aus dem Regal und lässt sich auf ihren Sessel fallen. Nun sitzt sie da und betrachtet das Portrait.

Früher hat Ivana sich manchmal Vorwürfe gemacht, weil die anderen Mütter ihr das Gefühl gaben, sie würde sich nicht genügend um ihre Tochter kümmern, sie würde sie nicht genügend lieben. Doch eigentlich wusste Ivana, dass das nicht stimmte. Zugegeben, bevor Tamara drei Jahre alt wurde, war es ihr nicht immer leicht gefallen, sich in besonderem Maße für sie zu begeistern. Ein Kind, das noch nicht spricht, ist kein ganzer Mensch, sondern eher ein Bündel an Bedürfnissen: ein sabberndes, schreiendes, kackendes Bündel. Die Faszination der Mütter für Kinder dieser Entwicklungsstufe war Ivana schon damals suspekt. Es ist zugleich anstrengend und langweilig, sich tagein tagaus um ein weinendes Balg zu kümmern. Nur dumme Menschen finden darin Erfüllung, dessen ist Ivana sich sicher. Und war Tamara nicht schneller selbstständig geworden, war sie nicht besser geraten als ihre verhätschelten Altersgenossen? Nicht einmal der Krieg, nicht einmal die Flucht hatten ihre schöne Tochter gebrochen, vielmehr war sie sehr schnell erwachsen, vielmehr war sie rasch ein richtiger Mensch geworden – vielleicht auch, weil sie es musste, denkt Ivana und streicht über die Fotografie: Sie muss sie sich gut einprägen.

Nächstes Jahr schon würde Tamara ihr Studium abschließen und – da war sich Ivana sicher – eine gut bezahlte Stelle finden. Eigentlich ist ihre Aufgabe als Mutter längst vollbracht, eigentlich darf Ivana nun endlich leben. Die Schmerzen in ihrem Rücken sind verschwunden, doch sie kann sich noch immer nicht entschließen, aufzustehen, als es klopft. Schnell verschwindet das Bild unter einem Kissen.

»Herein.«

Herr Hofer öffnet die Tür. »Ich wollte nur einmal schauen, ob es dir gutgeht«, sagt er schüchtern und wieder so, als würde er sich für etwas entschuldigen. »Hübsch, also wirklich schön hast du es hier.« Ivana nickt ihm zu, lächelt und weist mit einer entschiedenen Geste auf den anderen Sessel. »Ist schön, Sie zu sehen.«

Herr Hofer blickt noch einmal über seine Schulter in den Flur und schließt die Tür hinter sich. Er sieht wieder überraschend jung aus in diesem Moment; nie zuvor hat er diesen Teil des Gebäudes, nie zuvor hat er Ivanas Reich betreten. Er setzt sich nicht gleich. Die Haushälterin beobachtet, wie er ihr Zimmer mustert, wie sein Blick über die vielen sorgsam gestapelten Bücher streift, über das ordentlich gemachte Bett, über die beiden Ikonen, den Druck der *Windsbraut,* und wie er schließlich auf ihr selbst ruhen bleibt, wie er sich endlich mit dem ihren trifft. Ivana lächelt, errötet und sieht zu Boden. Dann erst setzt David sich in den Sessel.

»Olivia will Marius verlassen«, sagt er.

»Ich glaube erst, wenn ich sehe das.«

»Sie wirkt aber … Sie wirkt ziemlich entschlossen.«

Jetzt kommt Herr Hofer schon zu ihr ins Zimmer, und dann redet er bloß von der Göre. »Sie hat kein Geld«, sagt Ivana.

»Woher weißt … Wie meinst du das?«

»Ist offensichtlich. Beziehung funktioniert so, beide abhängig von einander, aber unterschiedlich. Außerdem, es gibt sadomasochistische Dynamik. Junge Frau, alter Mann … Sie müssten eigentlich auch erkennen, ist klassischer Fall.«

Herr Hofer kratzt sich an der Schläfe und kann sich nicht entscheiden, weiterzusprechen. Es vergehen mehrere Minuten, in denen er abwechselnd seine Fingernägel mustert und versucht, die Titel auf den Buchrücken zu entziffern; seine Augen sind schon wieder verquollen, doch er kann Ivana jetzt nicht nach den Tropfen schicken. Aus dem Salon ertönt eine liebliche Melodie.

»Kommen Sie mit mir nach Rom«, sagt Ivana unvermittelt.

»Was ... Was willst du in Rom?«

»Ich noch niemals war dort.«

»Aber warum sollte –«

»Ist Wasser von Tiber wirklich grün?«

»Wann willst du dahin? Und warum sollte ich mit?«

Ivana seufzt.

»Wovon sollen wir leben?«, stammelt David schließlich weiter.

Offenbar versteht Herr Hofer sie doch.

Ivana geht zum Schrank und öffnet ihn; aus einem der oberen Fächer zieht sie eine lederne Reisetasche, die sie David auf den Schoß stellt. »Aufmachen«, sagt sie.

Der Analytiker zieht am Reißverschluss, doch der klemmt, und erst nachdem Ivana dem verwirrten Mann zur Hand geht, wobei ihr nach Lavendel riechendes Haar seine Nase kitzelt – erst dann schafft er es, ihn zu öffnen. Die Tasche ist bis oben vollgestopft mit in Bündeln gefassten Hundert- und Zweihunderteuroscheinen.

»Was ... Wo hast du das her? Wie viel ist das?«

Ivana kniet vor David und nimmt eines der Bündel in die Hand – wiegt es hin und her. »Ist genug«, sagt sie.

»Wie kommst du zu all dem Geld?«

Die Zofe lächelt.

»Ivana, woher kommt dieses Geld?«

»Ich führe den Haushalt von Madame.«

Es entsteht eine Pause, in der Ivana mit ihren beringten, alternden Fingern über die Scheine streicht und den sinnierenden Herrn Hofer fixiert.

»Ich habe laufende Analysen«, sagt dieser schließlich. »Die ... Die kann ich nicht einfach abbrechen. Außerdem –«

»Sie müssen es schon selbst wissen«, unterbricht ihn Ivana, denn offenbar ist er noch nicht bereit. Die Haushälterin steht auf und richtet ihren Rock, streicht das Grau mit ihren Fingern glatt.

»Es war schön, mit Ihnen zu plaudern.«

Sie nimmt die Tasche von Davids Schoß, schließt den Verschluss, stellt sie zurück in das obere Fach – und ohne sich noch einmal nach Herrn Hofer umzusehen, verlässt Ivana den Raum.

Zurück im Salon erblickt sie Olivia; die junge Frau tanzt mit geschlossenen Augen zwischen den zerschlagenen Skulpturen, bewegt sich barfüßig und in federnden Trippelschritten, hebt zu bald kleinen, zu bald größeren Sprüngen an und macht eine Pirouette, während aus den Lautsprechern Cecilia Bartolis Tremolo erklingt. Das buntkarierte Halstuch, das Olivia zwischen Daumen und Zeigefinger hält, fliegt mit ihr durch den Raum.

Ah, chi mi dice mai
Quel barbaro dov'è?
Che per mio scorno amai,
Che mi mancò di fè?

Zielsicher bewegt sich die Engländerin am beschädigten Inventar vorbei, noch immer sind ihre Augen geschlossen – warum nur weiß sie, welche Wege ihr freistehen? Ivana spürt plötzlich David hinter sich, atmet seinen für sie nun erst recht unwiderstehlichen Geruch ein, und gemeinsam betrachten sie den Tanz. Doch als Herr Hofer ihr seine Hand auf die Schulter legt, entwindet sich diese ganz von allein.

Ivana geht zur Anlage und dreht die Musik leiser, während Olivia ihre Augen öffnet und ihre Schritte in einem etwas unentschlossenen Plié münden lässt, womöglich, weil ihre Füße eigentlich weitertanzen möchten.

»Oh, ich habe euch gar nicht kommen gehört«, behauptet sie und lächelt. Ihre Stimme klingt betrunkener, als man es angesichts der Darbietung vermutet hätte.

David ist der Einzige, der nun klatscht. »Das sieht mir aber …

Das sieht nach einer klassischen Ballettausbildung aus«, sagt er anerkennend und setzt sich wieder an den Tisch.

Olivia legt sich ihr Halstuch in den Nacken, sodass seine Enden über ihre nun glänzenden Schlüsselbeine reichen. »Ich hatte als Kind ein bisschen Unterricht«, verkündet sie in wenig überzeugender Bescheidenheit.

»*Don Giovanni a cenar teco* … «, ruft es plötzlich aus dem Flur; es ist Marius, der versucht, den Bass des Komturs zu imitieren und dabei vom schrillen Lachen seiner Schwester begleitet wird. »… *m'invitasti e son venuto!*«, singt er weiter, und die junge Frau zuckt zusammen.

Manchmal vergisst sie, wie gebildet ihr Freund ist, oftmals lässt er es Olivia geradezu vergessen – doch wenn er sie dann wieder daran erinnert, bekommt sie es mit der Angst. Jedes neue Feld, das sie sich erschließt, ist von Marius bereits vermessen worden. Erst als die Zwillinge wieder auftauchen, erst als sie die Bühne betreten, gelingt es der Tänzerin, ihre Fassung zurückzuerlangen und in das erforderliche Lachen auszubrechen. Marius' linke Hand liegt auf dem Hüftknochen seiner Schwester, während deren rechte auf seiner Schulter ruht; so umschlungen bewegen sie sich in langsamem Gleichschritt auf die Gäste zu. In ihrer freien Hand hält Marie-Louise ein schwarzes Kästchen.

»Seht her, was mir mein Bruder zum Geburtstag geschenkt hat. Es ist wie für mich gemacht.« Sie stellt das Kästchen auf den Tisch und öffnet es. Vier kleine Messer glänzen auf schwarzem Samt. »Es ist wunderschön, nicht? Und außerdem haben wir noch gar kein Käsemesserset, oder Ivana?«

»Eigentlich wir haben schon.«

»Es ist jedenfalls ganz bezaubernd. Vielen Dank, mon cher. Gibt es noch Käse?«

»Fräulein Cook hat gegessen alles.«

Olivia weitet ihre Augen und macht einen entschuldigenden Schmollmund, vor den sie ihre Hand schnellen lässt – doch die kokette Geste verfängt nicht mehr; die Zwillinge sehen indigniert durch sie hindurch.

»Champagne!«, ruft die Hausherrin, als die entstandene Stille beginnt, sie zu langweilen.

Ivana wirft einen prüfenden Blick in den Ofen – ihr Gewehr liegt noch darin – und nimmt die letzte Flasche aus dem Weinkühlschrank. Da sie keine Lust hat, die alten Gläser vom Tisch am Kamin zu holen, stellt sie neue auf das Tablett.

»Wie? Ihr spielt alle Schach?«, hört sie Herrn Hofer fragen, als sie sich auf den Tisch zubewegt. Die Zwillinge haben sich nebeneinander gesetzt, während Olivia an Davids Seite Platz genommen hat.

»Wundert dich das etwa?«, fragt Marie-Louise angriffslustig.

»Nein, also … Ich hatte nur nie einen Zugang zu diesem … zu diesem martialischen Spiel.«

»Das können wir ändern«, verkündet Marius, während Ivana zunächst den Gästen, dann ihrer Madame die Gläser füllt.

»Seit wann spielen die Menschen überhaupt Schach?«, fragt David ausweichend.

»In China begann man damit im dritten Jahrhundert.«

»Eigentlich kommt es aus Persien, allerdings erst aus dem sechsten Jahrhundert.«

Olivia seufzt. »Wollt ihr euch nun wieder über China und Persien streiten? Das moderne Schach, das mit den heutigen Regeln, das gibt es erst seit dem fünfzehnten Jahrhundert.«

»Schon wieder dieses verfluchte fünfzehnte Jahrhundert«, ruft Marius aus und lacht, doch da niemand weiß, wovon er spricht, entsteht eine weitere Pause.

»Also eine Partie würde ich spielen, danach muss ich aber ins Bett«, sagt seine Schwester schließlich. »Ich muss immerhin noch zum Damen… Wie spät ist es überhaupt?«

»Halb vier«, sagt Olivia und trinkt einen Schluck.

»Um Himmels willen, dann aber los – Ivana!«

Die Zofe ist schon zur Stelle, mit beiden Händen trägt sie ein großes und offensichtlich schweres Schachbrett vor ihrer Brust; sie stellt es ab. Durch die Spiegelungen in den Fenstern ist es, als würde sie von mehreren Seiten gleichzeitig kommen.

»Sind die Figuren – ist das Elfenbein?«

Doch niemand antwortet David, und aus irgendeinem Grund versteht es sich von selbst, dass die Zwillinge gemeinsam spielen – gemeinsam gegen ihn und Olivia.

Ivana derweil beobachtet die junge Frau. Sie wirkt zusehends fahrig, unsicher, und das wird nicht allein am Alkohol liegen. Eben noch waren alle hinter ihr her, doch nun scheint das Interesse an ihr abgenommen zu haben – und mit diesem Interesse ist gleichermaßen ihre Nonchalance verschwunden. Nicht einmal Herr Hofer scheint sich sonderlich darüber zu freuen, neben ihr sitzen und mit ihr spielen zu dürfen. Ivana weiß wohl, dass sie die natürliche Verbündete dieses anderen Zanni ist, dass sie eigentlich schon qua ihrer gesellschaftlichen Stellung aufeinander angewiesen sind, doch kann sie sich nicht dazu entschließen, Olivia zu mögen. Das Tuch liegt noch immer um ihre zarten, zusehends verkrampften Schultern, während Marius den ersten Zug setzt.

»Das ist eine sizilianische Verteidigung«, erklärt die junge Engländerin ihrem Spielpartner, nachdem sie einen Bauern nach vorn geschoben hat.

David fährt zusammen, gerade so, als sei er bei etwas ertappt worden. »Wie… Wieso heißt das … Was meinst du?«

Doch Olivia richtet ihren flackernden Blick auf das Brett, während die Zwillinge abwechselnd, ohne miteinander zu sprechen, doch in scheinbarer Abstimmung ihre Züge setzen. Schon bald beherrschen sie das Spiel.

Als der Champagner zur Neige geht, ist Ivana sogleich mit einer Flasche Whisky zur Stelle. »Ist lecker Schlummertrunk«, sagt sie, aber niemand außer Olivia rührt sein Glas an.

Schließlich schnippt die junge Frau ihren König um. Er rollt über das Brett und fast vom Tisch.

»Warum … Warum nur hast du das gemacht?«, will David wissen.

»Wir geben auf. Es ist sinnlos weiterzuspielen, mit diesen jämmerlichen Figuren.« Olivia füllt ihr Glas ein weiteres Mal und starrt apathisch zur Decke.

»Kann da jemand nicht verlieren?«, fragt Marie-Louise und nimmt sich eine von Davids Zigaretten.

Olivia schnalzt mit ihrer Zunge gegen ihre Zähne und stößt einen schnellen Atemzug aus, der Belustigung ausdrücken soll und doch nur Verzweiflung verrät. »Wenn ich euch so zum Familienfrieden verhelfe, soll es mir recht sein«, sagt sie und trinkt ihr Glas in einem Zug aus.

»Fantasiezwillinge«, murmelt David leise und schüttelt seinen müden Kopf, doch niemand schenkt ihm Beachtung, und nur Ivana lächelt resigniert.

Dann verräumt sie das Schachbrett, und als sie zurückkehrt, beobachtet sie Olivias Fuß, wie er aus seinem Schuh schlüpft und unter dem Tisch, unter der anderen, der falschen Seite des Tischs nach etwas zu suchen scheint. Ja, der Fuß tastet nach den Schenkeln Madames, als Ivana die Engländerin sagen hört:

»Ich wüsste zu gern, was ihr da oben beredet habt.«

Marie-Louise rückt mit ihrem Stuhl vom Tisch weg.

»Auf welche Version der Geschichte habt ihr euch denn nun geeinigt?«, fragt Olivia weiter, lallt dabei ein wenig und schlüpft zurück in ihren Schuh.

Marius gähnt. »Ich bin müde«, verkündet er.

Doch Olivia lässt sich nicht so einfach abwimmeln. »Erst nervt ihr uns alle über Stunden mit eurem Kulturkrieg – und jetzt sollen wir uns damit abfinden, dass ihr so tut, als wäre nie etwas passiert? Mir wird das zu blöd, ich fahre nach Wien.«

»Hotels geschlossen für Touristen.«

»Dann fahre ich nach Bratislava.« Olivia füllt ihr Glas erneut. »Diese Stadt wollte ich mir eh einmal ansehen. Kannst du mir bitte ein Taxi rufen, Ivana?«

Doch Ivana ist schon wieder hinter ihrer Insel und tut, als höre sie nichts.

»Warum willst du denn unbedingt wegfahren?«, fragt Marius. »Wir hatten doch geplant, morgen durch den Prater zu spazieren.«

»Ihr könntet mich zum Damenschach begleiten.«

»Sehr witzig«, entfährt es dem Galeristen.

»Ach ja …« Marie-Louise schmunzelt. »Aber ihr könntet zumindest mit mir in die Stadt fahren.«

»Ich rufe mir selbst ein Taxi.« Olivia greift nach ihrem Telefon.

»Danke für nichts, Ivana.«

»Wie sprichst du denn mit meiner Haushälterin?«

Doch Olivia übergeht Marie-Louise und wendet sich direkt an ihren Freund: »Kannst du mir bitte eine deiner Kreditkarten leihen? Wir können in ein paar Tagen über alles sprechen.«

»Worüber willst du sprechen?«

»Ich habe wirklich keine Lust, das hier vor allen Leuten auszuführen.«

»Schön, aber dann habe ich auch keine Lust, dir meine Kreditkarte zu leihen.«

»Das ist wirklich unglaublich.«

Marie-Louise räuspert sich. »Was ist so unglaublich? Dass mein Bruder dir nicht als Geldautomat zur Verfügung steht?«

Olivia sieht aus, als würde sie sich sammeln; sie trinkt einen Schluck.

»Wenn du wirklich«, sagt David, »also wenn du wirklich meinst, hier wegzumüssen, kannst du auch bei mir schlafen, also auf meinem Sofa natürlich. Wir können gemeinsam fahren.«

Marie-Louise macht ein entsetztes Gesicht. »Aber du hast versprochen, dass du heute bei mir bleibst!«, ruft sie ihrem Freund entgegen, und sieht infolgedessen noch entsetzter aus – wohl, weil ihr auffällt, welch unbequeme Deutungen diese Information zulässt.

»Du hattest also Angst, auf deinen Bruder zu treffen«, versetzt Olivia sogleich mit neuer Festigkeit. »Du hast offenbar noch immer Angst, mit ihm allein zu sein.«

David steckt sich eine Zigarette an und sieht hilflos nach der Insel, zu Ivana, doch die nippt bloß an ihrem Whisky und lächelt schamlos vor sich hin. Herr Hofer muss allein zusehen, wie er da nun wieder herauskommt.

»Ist das wahr, Louise? Du hast Angst vor mir?«

»Das ist lachhaft«, sagt sie, doch keiner ihrer Gäste und nicht einmal sie selbst lacht. »Wovor soll ich bitteschön Angst haben?«

Auch Marius ist derweil ein wenig vom Tisch abgerückt. »Das wüsste ich auch gern«, sagt er und zieht seine Hand weg, als Olivia nach ihr greift.

»Vielleicht ist sie ja der Meinung, dass die Frauen verschwinden. Ich meine, sie hätte etwas in diese Richtung formuliert.« Die Engländerin fährt mit ihren Fingern über ihr Halstuch und über ihr Dekolleté. »Vielleicht macht es ihr Angst, dass ihre Schwester nun verschwunden ist.«

Marie-Louise kratzt sich am Handgelenk, dann entlang ihres Unterarms. »Was willst du gehört haben? Was habe ich gesagt?«

»Oder war das nur der Subtext? Entschuldige, aber manchmal vernehme ich den klarer als …« Der Ringfinger Olivias, der Ringfinger ihrer soeben abgewiesenen Hand kreist um ein Klümpchen Zigarettenasche auf dem Tisch. »… als das gesprochene Wort«, beendet sie ihren Satz und lächelt der Hausherrin ostentativ zu.

»Meinte Lacan nicht, dass die Frau ohnehin nicht existiert?«, fragt Marius derweil den Psychoanalytiker.

»In, also in diesem Zusammenhang weiß ich nicht, ob man das sagen könnte, also ob das –«

Doch Ivana unterbricht ihren Herrn Hofer. »Wunderbar, ich existiere nicht«, ruft sie von der Insel. »Dann, ich muss auch nicht mehr ganzen Unsinn anhören.«

»Wieso habt ihr eigentlich keine Kinder?«, fragt Olivia weiter, doch nunmehr auch an David gerichtet. »Ihr habt doch alle keine, oder?«

»Wir … Äh, Louise!«

Doch es ist der Bruder, der nun das Wort ergreift. »Sie kann es nicht ertragen, wenn sich die Welt für fünf Minuten um jemand anderes als sie selbst dreht.«

»Fängst du jetzt auch noch an, von mir wie von einem Objekt zu reden?«

Marius spricht weiter zu seiner Schwester, wobei seine Stimme immer sonorer wird. »Wenn sich die Welt kurz um etwas anderes dreht, ist es ihr lieber, sie in Brand zu setzen, als auch nur eine Minute länger auf ihr zu verweilen«, schließt er seine Erklärung ab und lächelt Marie-Louise an, die gerade wieder nach einer von Davids Zigaretten greift.

Sie zündet sie an. »Tragisch, und dabei hat sie doch so viel Potential«, sagt sie und pustet ihren Rauch nach dem Deckenfenster. »Aber zu was eigentlich?«

Olivia steht derart ruckartig auf, dass der unbequeme Stuhl umstürzt.

»Das ist ein Original!«, ruft Marie-Louise, was David sogleich dazu bewegt, das Ungeheuer bei der Lehne zu packen und wieder aufzurichten.

»Ist … Es ist nur ein Kratzer«, sagt er in einem um Besänftigung bemühten Tonfall. »Jetzt seid doch bitte lieb.«

Olivia kümmert sich nicht weiter darum, denn auch ihr Halstuch ist zu Boden gesegelt; in einem festen Knoten schnürt sie es zurück um ihre Kehle. Dann richtet sie ihr Haar. »Euch ist wohl aufgefallen, wie ähnlich ihr euch seid«, sagt sie schließlich ruhig.

Marius lacht auf. »Wir sind Zwillinge, falls dir das entgangen ist.«

»Es gibt gewisse Erbanlagen «, spöttelt Marie-Louise.

»Das meine ich nicht.« Olivia ist aus ihrem Schuh, diesmal wieder aus beiden Schuhen geschlüpft, und beginnt barfüßig, auf und ab zu gehen. »Ihr verbarrikadiert euch beide in euren hässlichen, überteuerten Immobilien und denkt, euch würde alles gehören. Marie-Louise verprügelt ihre Putzfrau – entschuldige, ich meine natürlich ihre Reinigungsfachkraft, oder ihre Köchin, eine Köchin, die nicht kocht, ist ja auch egal – und außerdem hält sie sich einen alkoholkranken Haustherapeuten, während du dir, lieber Marius, eine junge Frau gefügig gemacht hast.«

»Allzu gefügig wirkst du gerade nicht«, versetzt er, und es ist unklar, ob die Langeweile, die dabei wieder einmal aus seiner Stimme klingt, echt oder bloß gespielt ist.

»Wenn euch das Spiel mit euren Mitmenschen ermüdet, fangt ihr an, über Politik zu streiten. Euer Kulturkrieg –«

Marie-Louise verschluckt sich fast an ihrem Rauch. »Jetzt kommt das wieder«, sagt auch sie in einem schwer abzuschätzenden, um Gelassenheit bemühten Tonfall.

»Euer Kulturkrieg ist Produkt eurer Langeweile.« Immer schneller geht Olivia auf und ab, und immer lauter wird ihre Stimme dabei. »Ich verstehe ja, dass dir dein Afrikakitsch irgendwann öde wird. Ich verstehe sogar, dass du, solange sich das Zeug gut verkauft, niemals zugeben wirst, wie widerlich es ist, schwarze Däninnen dazu zu überreden, Masken und Totempfähle zu schnitzen.«

»Onyango …« Marius atmet aus. »Inaya hat sich nie beschwert.«

»Du wolltest dir ihre Gemälde nicht einmal ansehen!« Die junge Engländerin bleibt vor der neongrünen Nike von Samothrake stehen und beobachtet Marie-Louise, die sich ihr aufkeimendes Lachen nur noch schwer verkneifen kann. »Und ich verstehe auch, dass es Spaß macht, Geld aus dem Fenster zu werfen, das man nicht selbst verdient hat. Ich verstehe sogar, dass man als Messie irgendwann nicht mehr weiß, was man kaufen soll, dass einem die Ideen ausgehen, so sehr man sich auch als … als Archivarin der Zivilisation begreift.« Olivia macht eine weitere Pause. »Ist das eine Sexpuppe?«, fragt sie und deutet auf das Bassin.

»Eigentlich ist das die Mutter Gottes«, lacht Marius. »Die habe ich Louise damals mitgebracht, aus Lourdes.«

»Was?«

»Die heilige Jungfrau Maria. Die wird da in allen Formen und Größen verkauft überall, auch aufblasbar …«

»Wie auch immer.« Olivia stöhnt und nimmt einen gläsernen Ballonhund von einem Sockel. »Diese Ansammlung von Schrott ist … unprecedented?«

»Beispiellos«, wirft David ein.

»Diese Ansammlung von Schrott ist beispiellos, Marie-Louise. Was soll das überhaupt sein?«, ruft sie, völlig vergessend, dass nur wenige Stunden vergangen sind, seitdem sie dem wirren Eklektizismus eine angenehme Erfrischung abgewinnen konnte. Olivia schleudert den grellen Hund in einem gekonnten, sogar athletisch zu nennenden Wurf in den Whirlpool, doch der ist offenbar abgepumpt; es klirrt, was sie erschrecken und die Hausherrin wieder einmal aufspringen lässt.

David spürt plötzlich Ivanas Hand auf seiner Schulter.

»Dieser Harlekin ist kaputt«, flüstert sie ihm zu und weist mit einem Nicken zu der jungen Frau. »Ist große Gefahr für Gefüge, wenn Harlekin zu ernsthaft wird. Sicher, dass Sie nicht wollen kommen mit mir?«

Doch schon schreit Olivia weiter. »Wisst ihr eigentlich, was da draußen los ist?«

Marius sieht, an den Spiegelungen vorbei, in den Garten. »Oh, stimmt, es schneit.«

»Hast du die vielen Zelte gesehen, die Feuertonnen, die jetzt überall in Berlin auftauchen, die Crackjunkies? Hast du überhaupt aus dem Taxi geguckt, als wir zum Flughafen gefahren sind? Nehmt ihr noch irgendetwas wahr, außer euch selbst und euren Müll?«

»Jetzt verschon uns bitte mit deiner Sozialromantik«, ruft Marie-Louise, setzt sich aber wieder in ihren Stuhl. »Es muss sie wirklich getroffen haben, dass du ihr deine Kreditkarte vorenthältst«, sagt sie in Richtung ihres kopfschüttelnden Bruders.

»Ich weiß nicht, also … also ob Romantik das richtige Wort ist«, wirft der Haustherapeut ein und sucht mit seinen roten Augen nach Ivana. »Es ist doch durchaus auffällig, dass die Schere zwischen Arm und Reich, also dass diese Schere …« Er stockt. Wo ist Ivana schon wieder?

»So, Olivia«, sagt Marius, dessen Kopfschütteln sich verlangsamt hat. Gänzlich stillhalten kann der Galerist sein Haupt jedoch nicht; es schweift nur gemächlicher hin und her. »Jetzt hast du uns erklärt, was du alles verstehst«, spricht er weiter. »Willst du uns auch noch sagen, was du nicht verstehst, oder sollen wir uns das selbst denken?«

»Ich glaube, das liegt auf der Hand«, versetzt Marie-Louise und schüttet den Inhalt zweier Tütchen in ihr Whiskyglas. »Sie versteht nicht, wieso sie als moralisch einwandfreie Person noch hier ist. Und sie versteht das nicht, weil sie sich dazu eingestehen müsste, dass – «

»Nein!«, schreit Olivia dazwischen. »Ich verstehe nicht, wie ihr euch in Anbetracht dieses ganzen grausamen Blödsinns Feministen schimpfen könnt. Hasst ihr die Frauen so sehr?«

Marie-Louise schwenkt ihr Glas, bis das Pulver sich in der goldenen Flüssigkeit aufgelöst hat. »Ich bin selbst eine – «

Doch wieder wird sie von der Engländerin unterbrochen. »Tolle Logik«, ruft sie. »Jetzt benutzt du schon die Argumente deiner

Gegner.« Sie richtet sich an Marius, der seiner Schwester das Glas aus der Hand nimmt und es in einem Zug leert. »Und willst du mir jetzt noch weismachen, dass der Kampf für Gleichberechtigung universell ist und dass du als Mann genauso für die Rechte von Frauen einstehen kannst wie –«

»Ich komme nicht mehr mit«, murmelt David, doch offenbar murmelt er zu laut, denn nun ist er es, der Olivias Wut auf sich zieht. »Das ist wohl insgesamt deine Strategie, ja?«, schreit sie den Analytiker an. »Immer schön dumm tun, um nicht zwischen –« Olivia schüttelt angewidert mit dem Kopf und verzieht ihr Gesicht zu einer unschönen Grimasse. »Bist du bei der Arbeit auch so? Diese Sitzungen stelle ich mir ehrlich gesagt abenteuerlich vor.«

»Ach, David tut nur dumm?«, keift Marie-Louise der jungen Frau entgegen. Jetzt muss sie doch tatsächlich ins Bad gehen, um sich mehr von ihrem Pulver zu holen. »Ihm als Mann wird im Gegensatz zu uns also Intelligenz attestiert«, schreit sie weiter. »Und wer soll sich jetzt noch gleich Feministin schimpfen?«

»Ich bin auch ein Mann«, brüllt Marius ein wenig unvermittelt.

»Ja, mein Gott, das akzeptiere ich ja! Jeder akzeptiert das, wenn du dich dann besser fühlst, aber –«

»Wenn ich mich dann besser fühle?«

Marie-Louise entscheidet sich dagegen, ins Bad zu gehen. »Aber du wurdest als Frau geboren«, versetzt sie und versucht dabei, ein wenig leiser zu schreien. »Es macht einen Unterschied, wie man aufwächst, wie man erzogen wird – das ist das Einzige, was ich gesagt habe.«

Marius schlägt mit seiner flachen Hand auf den Tisch. »Das ist bei weitem nicht das Einzige, was du gesagt hast.«

Olivia lehnt sich an die grüne Skulptur, entspannt ihre Schultern und atmet langsam aus – offenbar ist es ihr doch noch einmal gelungen.

Dann aber gleitet Ivana – wo kommt sie bloß her? –, dann aber gleitet die Zofe zum Flügel. Sie setzt sich, langsam, beginnt langsam auch mit dem Auf und Ab eines Akkordwechsels, spielt abwechselnd die immer gleichen beiden Akkorde, bis dort hinten, dort drüben am Tisch die Stille einkehrt. Jetzt erst, da alle Augen auf ihr ruhen, beginnt Ivana zu singen.

Sur le grand bassin du château de l'idole
Un grand cygne noir portant rubis au col
Dessinait sur l'eau de folles arabesques
Les gargouilles pleuraient de leurs rires grotesques
Un Apollon solaire de porphyre et d'ébène
Attendait Pygmalion, assis au pied d'un chêne

Hierauf singt Ivana von Marienbad und davon, dass sie sich an etwas oder an jemanden erinnert. Marie-Louise lauscht den schönen Silben, die sie nur halb versteht. Ihr Französisch ist weit schlechter, als sie es gern hätte, doch diesmal bleibt die Kränkung, der Stich, den ihr dieser Umstand für gewöhnlich versetzt, aus. Ihr Blick schweift im Raum umher und über ihre Dinge – vielleicht hat sie wirklich ein Problem. Sie schaut nach dem Deckenfenster, und ihr ist, als hellte sich der Himmel wieder auf, als hellte er sich zumindest bald wieder auf und als mischte sich jetzt schon die Verheißung eines neuen Morgens in das Schwarz. Als ihre Augen sich wieder senken und ihr Blick auf David fällt, fragt sie sich, wie sie den traurigen Mann je begehren konnte. Sein Haar ist weder weiß noch graumeliert, gelb ist es, und seine Haut ist faltig und alt – das stellt sie nicht einmal ohne Sympathie fest, im Gegenteil: Sie bemitleidet ihren Freund, denn zum ersten Mal in dieser schrecklichen Nacht empfindet Marie-Louise keinerlei Schmerz. Und als sie dann zu ihrem Bruder blickt, ist sie zu ihrer eigenen Überraschung voller Zuneigung für ihn.

Je portais, en ces temps, l'étole d'engoulevent
Qui chantait au soleil et dansait dans l'étang
Vous aviez les allures d'un dieu de lune inca
En ces fièvres, en ces lieux, en ces époques-là
Et moi, pauvre vestale, au vent de vos envies
Au cœur de vos dédales, je n'étais qu'Ophélie

Und wieder singt Ivana von Marienbad, ein Ort, den Marius nie gesehen, den er nie besucht hat. Es gibt noch viele Orte, viele Städte, Berge und Gewässer, die er mit Olivia bereisen wollte, doch nun, da diese gesenkten Blickes zurück zum Tisch trottet, doch jetzt, da sie sich ihm gegenübersetzt und ihm traurig, womöglich sogar entschuldigend zulächelt – in diesem Augenblick weiß er, dass das nicht passieren wird. Marius richtet seine Krawatte und streicht dabei über seine flache Brust. Manches, vieles lässt sich nicht rückgängig machen – und vielleicht ist das auch gar nicht wünschenswert. Als er zu seiner Schwester blickt, kann er sich nicht erklären, warum auch er voller Zuneigung, sogar voller Liebe für sie ist – er kann es sich nicht erklären, doch vielleicht muss er das auch gar nicht. Eigenartig ruhig wird Marius nun, und seine Müdigkeit hat einen Punkt erreicht, an dem sie sich als Kraft geriert. Marius fühlt sich stärker als im ganzen letzten Jahr.

C'était un grand château, au parc lourd et sombre
Tout propice aux esprits qui habitent les ombres
Et les sorciers, je crois, y battaient leurs sabbats
Quels curieux sacrifices, en ces temps-là
J'étais un peu sauvage, tu me voulais câline
J'étais un peu sorcière, tu voulais Mélusine

Und weiter singt Ivana von Marienbad, und tatsächlich ist sie schön, so wie sie dort sitzt. Ihre Schultern – auf einer liegt ein

Geschirrtuch – sind entspannt und ihre sich in gleichmäßiger, in fast monotoner Weise hebenden und wieder senkenden Hände sehen jünger aus als noch zuvor. Ivanas Blick schweift umher, schweift nach oben, so als würde sie für ein anderes Publikum spielen, für ein höhergestelltes. Ihre Aussprache verrät keinen Akzent mehr; Ivana singt im Gegenteil mit einer Stimme, die alles zu wissen und alles zu kennen scheint, gerade so, als würde der Text des Chansons erst entstehen, wenn er ihre Lippen verlässt, gerade so, als würde Gott selbst durch sie sprechen.

Doch es spricht kein Gott, die Haushälterin beherrscht bloß ihr Handwerk, und eben das versteht auch David immer besser, je länger Ivana dort am Flügel sitzt und singt.

Und plötzlich sieht David, wie schön Ivana ist. Er sieht sie mit einem Mal so, wie sie wirklich ist, sieht die gerade Linie ihres Rückens und versteht die Anmut ihrer niemals verwaschenen Züge. Er sieht und versteht die Grazie des Mundes, dem die weisen Worte entweichen, und um den nunmehr kein Zug von Bitterkeit weht. Die Beleidigungen, die ihm eben noch an den Kopf geworfen wurden, tangieren ihn nicht, denn David sieht und versteht endlich den Körper dieser Frau, dieser wunderschönen Frau – ja, mit einem Mal schmerzt es ihn aus der Mitte seiner selbst, und der Analytiker braucht eine Weile, um wiederum zu verstehen, dass es sein fast vergessener, totgeglaubter Penis ist, der ihm die Schmerzen bereitet und gegen die Nähte seiner Hose drückt.

Mais si vous m'appeliez, un de ces temps prochains
Pour parler un instant aux croix de nos chemins
J'ai changé, sachez-le, mais je suis comme avant
Comme me font, me laissent, et me défont les temps
J'ai gardé près de moi l'étole d'engoulevent
Les grands gants de soie noire et l'anneau de diamant

»Ich glaube, ich bin eine einfache Lesbe«, sagt Olivia, nachdem der Refrain ein letztes Mal verklungen ist, noch bevor Ivana den Deckel zugeklappt hat und auch bevor die Tischgesellschaft eine Gelegenheit zum Klatschen bekommt. »Es tut mir leid, Marius«, sagt sie. »Ich bin eine einfache Lesbe.«

Ivana nimmt ihr Geschirrtuch von der Schulter, wischt mit ihm über die Tasten und klappt den Flügel zu, während ihre Madame das Wort ergreift.

»Liebtest du meinen Bruder wahrhaftig – dir wäre sein Geschlecht egal«, versetzt sie und streckt ihre Hände gen Himmel, zum Deckenfenster. »Du aber, kleine Sünderin, du aber kannst das nicht, denn du drehst dich einzig um dich selbst.«

Ivana gleitet zum Kamin, sammelt die verbliebenen Gläser ein und wischt den Tisch ab, während Marius in ein wieder kehliges Gelächter ausbricht.

»Ich habe ja gesagt, dass ihr euch ähnlich seid«, prustet es schließlich aus ihm heraus.

Marie-Louise scheint sich davon nicht angegriffen zu fühlen. Sie zieht den Kopf ihres Bruder zu sich und küsst ihn auf die Wange, sodass von nun an der Abdruck ihrer karmesinroten Lippen sein Gesicht ziert.

»Ihr macht es euch sehr einfach, mit eurer Küchenpsychologie«, sagt Olivia, trinkt ihr Glas aus und wendet sich an David, doch dessen Blick schweift mit der putzenden Ivana umher, schweift ihr nach, denn er darf sie nicht wieder verlieren, und es ist für die junge Frau nicht ersichtlich, ob der alte Mann sie überhaupt hört. Sie stößt ihn an, rüttelt an seiner Schulter, und als er dann doch reagiert, sieht er für einen Augenblick aus, als hätte er etwas Schreckliches verstanden.

»Also, manche Dinge, die lassen sich ändern …«, stottert er, » … und andere – die wieder nicht.«

»Scharfzüngig wie eh und je«, versetzt die Hausherrin. »Davon kannst du noch viel lernen, kleine Lesbe.«

Olivia schwenkt zu ihrem Freund. »Ich verlasse dich«, sagt sie zu Marius.

»Niemand verlässt meinen Bruder«, antwortet dessen Schwester für ihn.

Ivana räumt die Gläser in die Spülmaschine ein und spürt den lange ersehnten Blick Davids auf ihr. Es ist nämlich gar nicht so, dass sie unsichtbar wäre – man muss nur hinschauen, denkt sie. Dann hört sie, wie Olivia erneut beginnt zu sprechen.

»Vielleicht war ich sogar erleichtert, dass du keine Frau mehr sein wolltest«, sagt sie und klingt dabei zugleich betrunken und klar.

»Was heißt hier wollen?«, fragt Marius, ohne seine Stimme nach oben schwingen zu lassen, wie es sich für eine Frage eigentlich gehören würde.

»Wie auch immer –« Olivia macht eine Pause. »Ich glaube – nein, ich bin mir sicher, dass ich erleichtert war. Ich wollte keine Lesbe sein.«

Nun beginnt Marie-Louise zu lachen. »Oh ja, denn es ist heutzutage so schwer, eine Lesbe zu sein«, kichert sie, während durch das Deckenfenster ein vereinzelter Sonnenstrahl fällt und ihr wirres blondes Haar streift. Offenbar bricht tatsächlich ein neuer Tag an.

»Es ist wirklich schwer, heutzutage. Es gibt ja kaum mehr Lesben. Nicht einmal *die* Butler will noch eine sein«, sagt Olivia, schüttet den restlichen Whisky in ihr Glas und wendet sich an Marius. »Du musst auch zugeben, dass wir nicht mehr so komisch angesehen werden, seit deiner Transition, und dass uns auch keine Beleidigungen mehr hinterhergerufen werden … Hast du nicht gesagt, der Iran sei uns voraus? Wenn du dann nach Teheran ziehst, sollte deine lesbische Freundin aber besser hierbleiben, oder?«

»Ich werde die ganze Zeit komisch angesehen«, sagt Marius empört.

»Du trägst einen gelben Anzug mit Cowboystiefeln.«

Darauf weiß er nichts zu antworten; Marius nimmt die letzte Zigarette aus Davids Schachtel, während dieser seinen Blick nur mit Mühe von der flinken Zofe abwenden kann.

»Und du wolltest keine Lesbe sein, weil du komisch angeguckt wurdest?«, fragt der Analytiker schließlich.

Doch es ist Marius, der anstelle der jungen Frau antwortet: »Darum geht es ihr nicht.«

»Natürlich geht es ihr darum«, sagt Marie-Louise zärtlich zu ihrem Bruder. »Gib ihr doch ein bisschen von deinem Mitleid, wenn du ihr schon dein Geld vorenthältst.«

»Ihr seid so erbärmlich«, lallt Olivia. »Ihr versteht euch nur, wenn ihr ein gemeinsames Opfer habt.«

»Und dieses Opfer möchtest du sein?«, fragt die Hausherrin. »Die arme kleine Olivia wird diskriminiert?«

»Ihr Liberalen seid die Schlimmsten«, sagt die junge Frau. »*Lesben sind gleichgestellt, sie können es gar nicht mehr schwer haben*«, sagt sie und ahmt dabei Marie-Louises nasalen Tonfall nach. »Letzten Endes geht es euch beiden doch nur darum, die heterosexuelle Ordnung wiederherzustellen, weil euch die Freiheit zu große Angst macht.«

»Ich verstehe immer noch nicht, warum du meine Schwester für eine Liberale hältst.«

»Ja, weil die Freiheit des Geldes die einzige ist, die du kennst.«

»Worum … Worum geht es denn jetzt, wenn es nicht um die Diskriminierung auf der Straße geht?«, fragt David erneut.

»Ihre Eltern akzeptieren sie nicht«, sagt Marius. »Und deshalb macht sie uns jetzt zu ihren Eltern.«

Marie-Louise lacht laut auf. »Eine schrecklich nette Familie!«

»Aber, aber das ist ja in der Tat … Das ist ja wirklich greislich«, stottert David. »Was ist mit deinen Eltern?«

»Sie sind Christen.«

»Das ist lächerlich«, sagt Marie-Louise. »Welcher Christ hat heutzutage etwas gegen Lesben?«

»Evangelikale«, versetzt Olivia. »Das ist die einzige christliche Gemeinschaft Europas, die nicht schrumpft, sondern wächst. Eigentlich müsstest du das wissen, als Hüterin des … des Occi –«

»– des Abendlands«, beendet David ihren Satz. »Und diese Evangelikalen sind alle homophob?«

»Manche mehr, manche weniger …«

»Stimmt, ich hatte da mal einen Patienten, der war –«

»Ich glaube, insgesamt wird es besser.« Olivia trinkt einen Schluck. »Und meine Eltern haben mir gesagt, sie würden mich dennoch lieben.«

»Hört, hört«, ruft Marie-Louise. »Das arme Opfer hat im Gegensatz zu uns sogar liebende Eltern. Es scheint ihr wirklich schlecht zu gehen.«

»Mama liebt dich sehr, du musst nur mal ans Telefon gehen.«

»Ich habe keine Lust, mir von dieser machiavellistischen Hexe anzuhören, dass ich mich zu selten melde. Das ist nämlich unser einziges Gesprächsthema, wenn ich doch einmal ans Telefon gehe, lieber Bruder – das, und dass sie nicht mehr leben will. Sie bittet mich allen Ernstes, mit ihr in die Schweiz zu fahren.«

»Herrje«, seufzt Marius. »Darum hat sie mich auch schon gebeten. Aber ich glaube, sie will gar nicht sterben … Sonst hätte sie sich längst umgebracht.«

»Ich weiß, deshalb gehe ich ja nicht ans Telefon.«

Beide Zwillinge lachen hierauf laut auf.

Draußen ist es jetzt hell, doch Wolken haben sich vor die Sonne geschoben, und die Tischgesellschaft sieht durch die großen Fenster der vollgestellten Burg, in denen sich nichts mehr spiegelt, und auf die Schneeflocken, die gemächlich vom Himmel fallen.

»Niemand, wirklich niemand …« David fummelt an einer neuen Schachtel Zigaretten herum und schafft es nicht, die Folie abzuziehen. »Niemand will *dennoch* geliebt werden«, sagt er schließlich zu Olivia.

»Ja, das will ich auch nicht«, versetzt Marius. »Wir sollten uns wirklich trennen.«

Kurz ist es, als wäre nun alles gesagt. Kurz ist es, als würden der Schnee draußen, als würden Nächstenliebe, Empathie oder zumindest Verständnis das ihre tun, als könnte man das bacchantische Ritual an dieser Stelle aufgeben, als dürfte man endlich zu Bett gehen, ja selbst Ivana unterbricht ihre Putzarbeit und sieht überrascht von ihrer Insel herüber – dann jedoch ergreift die Hausherrin das Wort.

»Es war klar, dass sich die verkappte Schwuchtel auf ihre Seite schlägt«, sagt Marie-Louise zu ihrem Bruder und zeigt erneut mit ihrem dürren Zeigefinger auf Olivia.

Die junge Frau reagiert nicht sofort, sie scheint vielmehr nachzudenken. Als Marius jedoch wieder seinem kehligen Gelächter erliegt, entscheidet sie sich dazu, ihren größten Trumpf auszuspielen. »Du baggerst mich den ganzen Abend an und wirfst David vor, schwul zu sein? Findest du das nicht ein bisschen billig?«

Marius sieht seine Schwester an. »Was hast du gemacht, Louise?«

»Ich habe –« Die Hausherrin lacht. »Das Fräulein hat eine blühende Fantasie.«

»Warum lügst du?«, fragt Marius seine ehemalige Freundin.

»Sie hat hat ihren Fuß zwischen meine Schenkel gestoßen und versucht, mich zu küssen.«

Als nun niemand etwas sagt, ist Olivia den Tränen nah.

»Sie hat mich stundenlang sabbernd angestarrt!«, stammelt sie weiter und wischt sich über die Augen. »Ist das sonst niemandem aufgefallen? David, jetzt sag du doch mal etwas.«

Der Analytiker sieht Marie-Louise entgegen und erinnert sie an die Worte, die sie vor nunmehr vielen Stunden zu ihm gesagt hat. »Als Freudianer kann ich dir sagen, dass die Wahl des Objekts oftmals weniger konstant ausfällt, als es uns lieb wäre«, versetzt er überraschend geradlinig, doch Marie-Louise scheint ihm gar nicht zuzuhören, vielmehr sieht sie kopfschüttelnd zwischen Olivia und ihrem Bruder hin und her; sie schafft es sogar, ihrem Gesicht den Ausdruck einer ernsthaften, moralischen Entrüstung zu verleihen.

»Warum lügst du?«, fragt Marius erneut. »Musst du unbedingt einen Keil zwischen uns treiben?«

Nun sieht Olivia fassungslos zwischen den Zwillingen hin und her. »Erzähl du mir nichts vom Lügen, Fotze«, schreit sie dem Galeristen schließlich entgegen.

»Ich bin keine Fotze!«

»Du hast aber eine«, schreit die junge Frau weiter. »Eine vergrößerte Klitoris ist kein Penis!«

»Das, also das war jetzt mehr …« Mit Davids Geradlinigkeit ist es schon wieder aus. »Das war jetzt mehr, als wir wissen wollten«, beendet er endlich seinen Satz.

Und wieder hebt Marie-Louise die Hände zum Himmel. »Ach, unser Herr Doktor entdeckt die Vorzüge der Transphobie?«, ruft sie ihrem Freund entgegen.

»Ich … Aber wir sitzen bei Tisch, da möchte ich nicht über –«

»Schnauze, alter Lustmolch! Du hast mich auch angebaggert.«

»Und deshalb sollte man sie nicht mit Alkohol füttern«, prustet Marius, während Marie-Louise in sein Gelächter einstimmt und dabei fast denselben Ton trifft.

David derweil ist rot geworden und versucht nicht mehr, seine Schachtel zu öffnen – seine Finger rutschen ohnehin immer ab. Er sieht in die leere Whisky-Karaffe und in sein leeres Glas, als Ivana es ihm aus der Hand nimmt und hinter ihre Insel, in die Spülmaschine verschleppt. Die anderen Gläser lässt sie seltsamerweise auf dem Tisch stehen.

»Ich nehme das zurück, das mit den Liberalen«, sagt Olivia schließlich.

»Ich, also ich finde Louise auch nicht sonderlich … Sie ist nicht besonders liberal.«

»Nichts ist schlimmer als geschlechtsverwirrte Esoteriker, die Teil unserer Gemeinschaft sein wollen und alles und jeden mit ihrem Aktivismus erpressen«, schreit Olivia und spuckt Marius ins Gesicht. »Du ... Du widerst mich an!«

»Eurer Gemeinschaft?«, fragt Marie-Louise lachend. »Das ging jetzt aber schnell. Ich dachte, du hast dich erst vor einer halben Stunde geoutet.«

»Steck dir doch den Finger in den Hals – oder sonst wohin!«

Marius aber hat endlich verstanden, dass dem Hass nicht mehr mit Argumenten beizukommen ist. »Ich, ein Aktivist«, lacht er weiter, wischt mit dem Ärmel über sein Gesicht, wobei neben der Spucke auch der karmesinrote Lippenstift auf seinen Anzug abfärbt. Dann steigert er seine kehligen Laute zu neuen Tönen.

Es dauert eine Weile, bis Olivia und David verstehen, dass das, was dem Mund des Galeristen entweicht, gar kein Lachen mehr ist, dass er vielmehr mit Marie-Louise kommuniziert. Diese steht langsam auf und geht kerzengerade zu den Regalen mit ihrer Plattensammlung, streicht mit ihren Fingern über die abgegriffenen Hüllen – zieht schließlich eine hervor und das Vinyl daraus. Marie-Louise pustet mit einer solchen Anmut und so langsam den Staub von der Platte, dass niemand mehr zu Marius sieht, geschweige denn bemerkt, dass auch er aufgestanden ist.

Marie-Louise setzt die Nadel an, und es ertönt ein elektronisches Trommeln, das selbst David, der sich nie mit Populärmusik beschäftigt hat, bekannt vorkommt. Marie-Louise steht mit dem Rücken zu ihnen und wippt leicht mit den Hüften, als sich zu dem elektronischen Trommeln ein klassisches Schlagzeug, ein Gitarrenriff und ein sphärisches Wummern gesellt. Schließlich beginnt eine Engelsstimme zu singen, und Marie-Louise dreht sich um. »*Once I had love and it was a gas*«, singt sie mit.

David wendet sich gerade zu Olivia und will sie fragen, was das für ein Lied sei, als er Marius' Hand über der jungen Schulter entdeckt. Die Hand greift nach dem buntkarierten Tuch, und seine andere Hand, seine bloße Faust, schlägt der Engländerin auf den Hinterkopf. David ist zu langsam, zu müde, um einzugreifen – oder um etwas zu begreifen, um es schnell genug zu begreifen. Der Galerist verdreht Olivias Arme und bindet sie mit dem Tuch auf ihrem Rücken zusammen.

»Marie Eins«, brüllt er schließlich, als ihm der Knoten gelungen ist.

Die Hausherrin ist schon wieder zur Stelle und singt: »*In between/What I find is pleasing and I'm feeling fine/Love is so confusing there's no peace of mind.*«

Auch Marius setzt nun ein, er singt die zweite Stimme: »*If I fear I'm losing you, it's just no good/You teasing like you do.*«

Die Zwillinge tanzen singend durch die vollgestellte Burg, und die beiden schlaflosen Nächte sieht man ihnen kaum mehr an. Die Zwillinge tanzen im Gleichschritt und machen dieselben Bewegungen, während sich draußen das Schneegestöber verdichtet. Sie strecken ihre Arme, sie laufen im Kreis, sie watscheln umher und wackeln mit ihren Hüften – ja, sie fahren sich sogar mit ausgestrecktem Zeige- und Mittelfinger über ihre zuckenden Augenpartien. Es ist ein Kindertanz, denkt David, und gleichzeitig wirkt es so, als hätten sie ein ganzes Leben lang für diesen Auftritt geübt.

Lost inside
Adorable illusion and I cannot hide
I'm the one you're using, please don't push me aside
We coulda made it cruising, yeah

Schließlich zuckt Olivia und richtet sich auf. »Was ist – was, was?«, stammelt sie benommen. »What the fuck«, schreit sie, als sie bemerkt, dass sie ihre Arme nicht bewegen kann.

Sie steht auf und erblickt die tanzenden Zwillinge, während der Analytiker sich noch immer die schmerzenden Augen reibt. Wo ist Ivana nur mit ihren Tropfen?

Schließlich verstummt die Musik, und nur noch das Kreisen des Plattentellers ist zu vernehmen. Die Zwillinge gehen zurück zum Tisch, und während Marius das Kästchen mit den Käsemessern an sich nimmt, streicht sich Marie-Louise kreisend über ihren flachen Bauch.

»Die Pizza war nicht sonderlich gelungen, oder?«, fragt sie in den Raum.

»Nein, Schwesterherz – das war sie nicht.«

»Schade, dass Ivana nicht mehr kochen mag. Ich habe solchen Hunger … Was frühstücken wir denn nun?«

»Ich weiß nicht, aber mir ist nach etwas Herzhaftem. Und auch du solltest dich stärken, vor deiner Partie.«

Olivia stolpert, noch immer benommen, zwischen den zerschlagenen Skulpturen umher und wirkt dabei auf David, als sei sie ein bereits verwundetes Tier, das nicht mehr weiß, wie ihm geschieht.

Endlich reagiert er, endlich springt David auf. »Das könnt ihr nicht machen«, schreit der Analytiker. »Ihr könnt sie nicht essen. Ihr könnt sie euch nicht einverleiben!«

Er will gerade zu der jungen Frau hechten und ihr die Hände losbinden, als sich Marius in sein Blickfeld und vor Olivia schiebt. Die Entfernungen sind so groß, dass alle Beteiligten viele Meter von einander entfernt sind, doch selbst Davids verquollene Augen registrieren, dass die Zwillinge sich nun beide langsam auf ihn zu bewegen – und er sieht, dass sowohl in Marius' als auch in Marie-Louises Hand etwas aufblitzt.

»Lass uns in Ruhe mit deiner misogynen Theorie«, geifert diese ihm entgegen. »Am Ende dichtest du meinem Bruder noch einen Penisneid an, du dreckiger Jude!«

Marius schreit genüsslich auf. Es ist, als erlebe er einen körperlichen Höhepunkt, einen Orgasmus.

»Ich bin …«, stammelt David derweil. Er sieht seine Freundin fassungslos an. Ihr schönes Gesicht ist zu einer rötlichen, pulsierenden Fläche verkommen, und David weiß nicht, ob sie ihn überhaupt noch erkennt. »Du weißt doch …«, stammelt er weiter. »Ich bin doch gar kein –«

Aber Ivana schiebt sich vor ihren König und ihm die Hand vor den Mund, sodass er seinen Satz nicht beenden kann. »Wir jetzt müssen gehen, Herr Hofer«, sagt sie; auf ihrer Schulter ruht wieder das Gewehr. »Kommen Sie mit«, insistiert die Zofe und stößt ihn in Richtung des Flurs, während der Plattenspieler von allein wieder losgeht und erneut das elektronische Trommeln erklingt.

»Löscht alle Lichter, schließt alle Tore«, brüllt Marius. »Dieses Haus ist verödet!«

Ivana baut sich vor den Zwillingen auf und schießt noch einmal in die Luft, dann geht sie rückwärts in den Flur und stolpert dabei immer wieder gegen den fassungslosen Nervenarzt. Erst als das Geschwisterpaar erneut beginnt zu tanzen, erst als die Zwillinge das Interesse an den Flüchtigen zu verlieren scheinen, dreht sie sich zu ihm um.

»Gehen Sie in mein Zimmer«, weist sie ihn an. »Nehmen Sie alle Taschen und Koffer, die finden Sie im Schrank.«

David tut wie ihm befohlen, und als er vollbepackt im Vestibül erscheint, sieht er, wie sich Ivana an einem in die Wand eingelassenen Bildschirm zu schaffen macht, wie sie in schneller Folge unterschiedliche Punkte anwählt und schließlich mit ihrem Ärmel über die Oberfläche wischt.

»Gehen Sie nach draußen«, ruft sie ihm zu, wirft ihm seinen Mantel entgegen und rennt noch einmal zurück zu ihrem Zimmer.

David zieht sich den Mantel an, geht in den Schnee, schließt die Tür hinter sich und atmet die frische, kalte Luft ein. Seltsam, denkt er. Normalerweise würde er sich nun eine Zigarette anstecken, doch jetzt reicht ihm die unverbrauchte Luft völlig aus; vielleicht ist er auch bloß zu müde, um einen neuen Kampf mit der Schachtel aufzunehmen. Aus der Burg, durch ihre Wände und Ritzen ertönt noch immer dumpf die Engelsstimme.

David schüttelt mit dem Kopf. »Fantasiezwillinge«, murmelt er ein weiteres Mal.

Es dauert nur wenige Augenblicke, da gesellt sich Ivana zu ihm. Über ihrem Rock trägt sie ein graues Cape, das Gewehr hat sie unter ihre Achsel geklemmt und nicht ohne Stolz präsentiert sie David das Fläschchen mit den Tropfen.

»Hinhocken, bitte«, sagt Ivana resolut und träufelt ihm die Flüssigkeit in die Augen. »Sie wirklich brauchen Brille. Ist nicht gut, diese Linsen. Außerdem, Brille würde Ihnen stehen.«

David hockt sich vor Ivana und je besser er sieht, desto mehr strahlt er sie an. »Du bist ... Also du bist wirklich schön, Ivana.«

»Kommen Sie jetzt. Wir dürfen nicht verlieren Zeit.« Die Zofe zieht den Analytiker in das Schneetreiben. »Habe Auto geparkt in Waldweg. Wir müssen laufen zwei Kilometer. Schaffen Sie das?«

»Aber was machen wir mit Olivia? Die beiden werden sie –« David stockt. »Louises Mann ... Thomas war gar nicht krank, oder?«

»Aber Herr Hofer!« Ivana lächelt ihn an. »Olivia nicht ist Thomas. Sie schlauer ist, als Sie denken, und ich glaube, sie kann sich gut allein befreien. Sie würden verstehen, wenn Sie nicht die ganze Zeit auf ihre Brüste gestarrt hätten. Beide Zwillinge wollen mit ihr ins Bett – das sie wird sich zunutze machen.«

David will gerade sagen, dass es für ihn zuletzt nicht mehr danach aussah, als wolle irgendjemand mit der jungen Frau schlafen, und dass Olivia nicht mehr wirkte, als könnte sie sich irgendetwas zunutze machen, doch er besinnt sich lieber. »Warum hast du dann unsere Fingerabdrücke abgewischt?«, fragt er stattdessen. Sein

170

Penis ist so hart, dass ihn das Laufen schmerzt. »Warum hast du die Kameras ausgeschaltet?«

»Ich hätte schon viel früher gehen müssen.« Die Haushälterin sieht ihn an. »Sie allerdings auch, denn ich habe Sie gewarnt.«

»Die Geschichte von –«

»Kommen Sie nun mit, Herr Hofer? Kommen Sie mit mir in die ewige Stadt?«

»Aber Ivana, wie sprichst du denn plötzlich?«

»Ich nichts sprechen. Ich bloß Colombina.«

Der graue Rock zieht David an den Kiefern vorbei, immer weiter in den Schnee, und es lässt sich nicht mehr ausmachen, ob der Herr Doktor lacht oder weint, denn dafür ist das Gestöber zu dicht.

Vielleicht jedoch – vielleicht bleibt David schließlich stehen. Und vielleicht, liebes Publikum, vielleicht küsst er sie jetzt endlich.

Die Arbeit des Autors am vorliegenden Buch wurde vom Deutschen Literaturfonds e. V. gefördert.

Deutschsprachige Literatur

Finn Job   Hinterher   Roman

Seine große Liebe hat das Land verlassen, den verhassten Job ist er los,
die früheren Freunde überhäufen ihn mit Schimpfworten. Francesco aber
nennt ihn »Boy« und nimmt ihn im maulbeerfarbenen Cayenne seiner
Mutter mit nach Frankreich. Sie sind Anfang zwanzig und auf Koks. Ihre
Reise hat ein surreales Ziel.
Quart*buch*. Klappenbroschur. 192 Seiten

Katharina Mevissen   Mutters Stimmbruch

Mutter ist schon lange kinderlos und hat nun auch noch ihre Stimme
verloren. Sie muss sich gänzlich neu erfinden, um wieder stark und laut zu
werden. Ein poetischer, kompromissloser Roman über das Älterwerden,
einen späten Aufbruch und eine bleibende Sehnsucht.
Quart*buch*. Klappenbroschur. 112 Seiten mit 7 Monotypien von Katharina Greeven

Milena Michiko Flašar   Oben Erde, unten Himmel   Roman

»Alleinstehend. Mit Hamster«, so beschreibt sie sich selbst. Suzu lebt
in einer japanischen Großstadt. Unscheinbar. Durchscheinend fast. Der
neue Job aber verändert alles. Ein umwerfender Roman über Nachsicht,
Umsicht und gegenseitige Achtung.
Quart*buch*. Gebunden mit Schutzumschlag. 304 Seiten

Marina Frenk   ewig her und gar nicht wahr   Roman

Kann man sich totstellen, um der sicheren Erschießung zu entkommen?
Einen Fluch unschädlich machen, indem man die Tür verriegelt? Den
Abschied vergessen und Gefühle auf Leinwand bannen? Kira erzählt ihre
Familiengeschichte. Eine Geschichte von Aufbrüchen und Verwandlungen,
von Krokodilen und Papierdrachen.
Quart*buch*. Gebunden mit Schutzumschlag. 240 Seiten

Neue Stimmen ...

Wytske Versteeg Die goldene Stunde Roman

Wytske Versteegs eindringlicher und poetischer Roman umkreist die
Herausforderung, das Richtige zu tun, auch wenn es allen Erwartungen
widerspricht. Wie viel Mut braucht man, um Mensch zu sein? Und
wenn man nichts mehr tun kann – was tun?
Aus dem Niederländischen von Christiane Burkhardt
Quart*buch*. Gebunden mit Schutzumschlag. 240 Seiten

Carlos Fonseca Austral Roman

Nach Süden, nach Süden! In eleganten Verschlingungen erzählt »Austral«
von Geschichte und Gegenwart Lateinamerikas – und von den Europäern,
die hier den Kontinent ihrer Theorien und Träume, ihrer Delirien und
Irrwege entdeckten.
Aus dem Spanischen von Sabine Giersberg
Quart*buch*. Klappenbroschur. 192 Seiten mit Abbildungen

Sara Mesa Eine Liebe Roman

Dies ist keine Liebesgeschichte – oder etwa doch? Sara Mesas preisgekrön-
ter Roman über gemischte Gefühle, ein Dorf auf der Suche nach einem Sün-
denbock und eine Frau, die auf schmerzhafte Weise in die Eigenbrötlerei
findet: beunruhigend, betörend präzise und im besten Sinne merkwürdig.
Aus dem Spanischen von Peter Kultzen
WAT 864. Broschiert. 192 Seiten

Yelena Moskovich Virtuoso Roman

Sie haben Heimweh nach einem Ort, den es nicht mehr gibt. Oder den es
nie gegeben hat? Die rebellischen Frauen in »Virtuoso« ziehen aus dieser
Melancholie explosive Kraft.
Aus dem Englischen von Conny Lösch
Quart*buch*. Klappenbroschur. 272 Seiten

... bei Wagenbach

María Gainza   Schwarzlicht   Roman

Origineller als das Original? Eine schillernde Hochstaplergeschichte aus
Buenos Aires - in den Hauptrollen: eine rätselhafte geniale Künstlerin
ohne Werk, eine Bande melancholischer Fälscher und eine Erzählerin auf
der Suche nach der Wahrheit.
Aus dem argentinischen Spanisch von Peter Kultzen
Quartbuch. Gebunden mit Schutzumschlag. 160 Seiten

Suzette Mayr   Der Schlafwagendiener   Roman

Viele der Passagiere auf dem Trip quer durch Kanada haben eine
besondere Geschichte, so auch der stets freundliche und emsige Baxter.
In einer starken Bildsprache wird die Reise mit dieser hochsympathischen
Hauptfigur zu einer rasanten und herzergreifenden Tour d'emotion.
Aus dem kanadischen Englisch von Anne Emmert
WAT 876. Broschiert. 240 Seiten

Marco Missiroli   Alles haben   Roman

Letzte Runde: Marco Missiroli erzählt von einem ambivalenten Vater-
Sohn-Verhältnis, dem Abschied von den Eltern, einem Leben im
Konjunktiv – und von der Lust, alles aufs Spiel zu setzen. Ein Roman
von großer Ruhe und Klarheit.
Aus dem Italienischen von Esther Hansen
Quartbuch. Klappenbroschur. 176 Seiten

Wenn Sie mehr über den Verlag und seine Bücher wissen möchten, schreiben
Sie uns eine Postkarte oder elektronische Nachricht (mit Anschrift und E-Mail).
Wir informieren Sie dann regelmäßig über unser Programm und unsere
Veranstaltungen.
Verlag Klaus Wagenbach   Emser Straße 40/41   10719 Berlin
www.wagenbach.de   vertrieb@wagenbach.de

© 2024 Verlag Klaus Wagenbach
Emser Straße 40/41, 10719 Berlin   www.wagenbach.de

Covergestaltung Corinna Gathmann unter Verwendung des
Gemäldes von © Kate Bergin, Vanity Fair (Detail), 2012, Öl
auf Leinwand, 170 x 200 cm. Gesetzt aus der Arno Pro und der
Cheva Display. Einbandmaterial von peyer Graphic, Leonberg
Vorsatzmaterial von Schabert, Strullendorf. Gedruckt und
gebunden bei Pustet, Regensburg
Printed in Germany. Alle Rechte vorbehalten

ISBN 978 3 8031 3371 7